Diogenes Taschenbuch 22649

Fanny Morweiser

Das Medium

Roman

Diogenes

Die Erstausgabe erschien 1991
im Diogenes Verlag
Umschlagzeichnung von
Tomi Ungerer

Für Steffi und Jule

Veröffentlicht als Diogenes Taschenbuch, 1993

70/93/24/1
ISBN 3 257 22649 7

I

Es war dieses Oktoberlicht, das Nora merken ließ, daß sich – wie in einem alten Märchen – ein eisernes Band um ihr Herz gelegt hatte, das sich immer mehr zuzog. Wie hatte sie diese Tage früher geliebt, nebelverhangene Vormittage, aus denen sich dann warm und golden der Mittag löste, und sie hatte in dieser lauen Luft und unter dem weitgeöffneten Himmel stundenlang über Land gehen können, wie betrunken von dem Geruch der im Gras faulenden Äpfel und Birnen, bis das ferne Kreischen der Krähen, die bei einfallender Dämmerung ihre Schlafbäume aufsuchten, sie nach Hause gescheucht hatte. Sie lehnte den Kopf zurück und nahm wie von weither Pauls Blättern im Autoatlas wahr und Marilus beleidigtes Schnaufen auf dem Rücksitz.

»Keine sehr gute Idee«, sagte Paul.

»Was?«

»Über die Landstraßen zu fahren. Auf der Autobahn verfahre ich mich nie.«

»Sich dort zu verfahren wäre auch ein Kunststück.« Sie drehte sich nach hinten um, wo Marilu sofort, als sie ihrem Blick begegnete, den Kopf zur Seite wandte und auf die Felder hinaussah, während der Hund, der neben ihr saß, sich schweifwedelnd erhob, um Nora seine feuchte Schnauze in die Wange zu stoßen. »Sind wir so weit von unserer Richtung abgekommen?« fragte sie.

»Wenn wir nicht die ganze Zeit gestritten hätten«, meinte Paul, »hätte ich mich besser konzentrieren können, aber so ...« Er ließ das Buch sinken und starrte resigniert geradeaus, auf die Dächer und Türme einer kleinen Stadt, die zwischen sanftgeschwungenen Hügeln in einer Senke lag. »Sieht aus wie ein Nest«, sagte er.

»Ja ... ausgesprochen friedlich.«

Er klappte den Atlas zu, legte ihn weg und trommelte mit den Fingern auf sein Knie. Der Hund fiepte leise, und Marilu zischte ihn an: »Sei ruhig, du weißt doch, daß hier keiner auf uns hört. Wir können verhungern, verdursten oder sonstwas, ist denen doch egal.«

»Ein Vorschlag zur Güte«, sagte Nora. »Wir trennen uns für eine gute Stunde. Einer geht rechts, einer links, ich geradeaus. Und dann sehen wir weiter.«

»Ich nehm den Hund mit«, sagte Marilu. Sie sah

auf die Uhr, riß die Tür auf ihrer Seite auf, schnappte sich die Hundeleine und verschwand in einem mit Ginsterbüschen überhangenen Hohlweg.

»Meinst du, das war eine gute Idee?« fragte Paul.

Nora musterte ihn von der Seite und bemerkte die tiefen Linien, die sich von seiner Nase zu den Mundwinkeln zogen – er wirkte verbittert und sah müde aus. Ungeduldig preßte sie ihre Handflächen gegeneinander und blickte wieder geradeaus. »Es war von vorn bis hinten keine gute Idee.«

»Mit ihr wegzufahren?«

»Mit ihr wegzufahren. Ohne sie wegzufahren. Was auch immer wir tun, im Moment ist alles falsch. Sie mag mich nicht mehr, sie mag dich noch nicht, und sich selbst am allerwenigsten. Theoretisch ... theoretisch hört sich das alles so gut an. Ein gemeinsamer Urlaub verbindet, macht vieles einfacher. Wer hat das gesagt?«

»Dein Psychiater.«

»Ja, mein Psychiater. Und was passiert? Sie verweigert sich. Sie sitzt auf ihrem Zimmer, sie sitzt mit dem Hund auf der Stadtmauer und sieht auf die Berge, sie sitzt auf der Bank unter den alten Kastanien und tut sich unsagbar leid. Und wir ziehen ohne sie abends in den Kneipen herum und versuchen hinunterzuspülen, was sich einfach nicht hinunterspülen läßt.«

Er zog ein Päckchen Zigaretten aus der Tasche und zündete sich eine an. »Eine treffende Beschreibung«, gab er zu. »Und was schlägst du vor?«

»Im Moment nichts. Ich laufe jetzt die Straße runter bis zu diesem Anwesen... siehst du, da vorn hinter den Bäumen. Es könnte ein Gutshaus oder sowas sein. Dort nimmst du mich dann wieder auf. Sobald Marilu zurück ist.«

»Marilu. Warum nicht Marie-Luise?«

Sie stieg aus. »Frag mich nicht, Paul. Sechzehn Jahre lang war Marie-Luise gut genug, jetzt ist sie eben Marilu. Wirst du dir auch die Füße vertreten?«

Er zog heftig an seiner Zigarette, und die scharfen Linien neben seiner Nase vertieften sich. »Ich bleibe hier«, sagte er, »vielleicht kann ich ein paar Minuten schlafen. Eine Stunde hast du gesagt?«

»Ja.«

Sie steckte die Hände in die Taschen ihrer Jacke und lief die Straße entlang. Nußbäume säumten sie auf einer Seite, und sie stieß mit den Füßen an heruntergerissene kleine Äste und leere Schalen. Einmal fand sie auch eine Nuß, die sie mit einem

Stein aufschlug. Sie schmeckte ölig und frisch und machte Lust auf noch mehr, aber sosehr sie auch den Boden und das Gras absuchte, sie fand keine mehr. Nun war sie dem großen Haus ganz nahe und hörte Musik, die hinter den Bäumen hervorkam, fetzenweise zu ihr geweht und dann wieder fast verstummt, ein Tango, auf einem Bandoneon gespielt, und es war genau die Musik, die sie diesen Sommer in Northumberland gehört hatte – nachts, bei Vollmond, in einem verwilderten Garten. Sie ging schneller, denn eigentlich wollte sie gar nicht allein sein, sondern unter Menschen, wenn es nur nicht die beiden waren, die ihr seit Tagen das Leben schwer machten. Menschen taten gut und lenkten ab, und als sie um eine Biegung kam und die Bäume ihr den Blick frei gaben, sah sie, daß ihr Wunsch in Erfüllung ging.

Vor dem Haus war ein einfaches, nach allen Seiten offenes Zelt aufgebaut, mit Holzbänken und einem ebensolchen Tisch darin, an dem ein paar Leute saßen, unter ihnen auch der Bandoneonspieler, der sein Instrument gerade in einem langen schmachtenden Ton ausklingen ließ. Hühner scharrten im Sand neben der Hausmauer, und während sie noch stehenblieb und überlegte, ob sie überhaupt Geld dabei hatte, um sich dazusetzen zu können, kam eine Frau auf sie zu und sprach sie mit schwerer Zunge an. Erst dachte Nora, sie wäre unerwünscht, ein Eindringling in diesem offensichtlich von einem Fest übriggebliebenen harten Kern, aber dann begriff sie, daß man sie einlud, die Reste, die es noch an Essen und Getränken gab, mit verzehren zu helfen.

»Ganz umsonst«, sagte die Frau. Sie hatte ein großzügiges verlebtes Gesicht, legte ihr jetzt in trunkener Vertraulichkeit einen Arm um die Schulter und führte sie an den Tisch, wo zwei der Männer, die dort saßen, zur Seite rückten, damit Nora sich zwischen sie zwängen konnte. Schwer und beizend lag der Geruch verschütteten Weines in der Luft, überlagert von dem noch schwereren Aroma selbstgedrehter Zigaretten. Sie bekam einen Pappbecher mit Rotwein und bedankte sich. Man beobachtete ihren ersten großen Schluck, und einer der Männer sagte anerkennend: »Scheint Ihnen zu schmecken, junge Frau.«

Er hatte vorne oben keine Zähne mehr, und seine Kollegen sahen, wie sie jetzt erst feststellte, teilweise noch abenteuerlicher aus, abgerissen, mit verfilzten Haaren, Bartstoppeln im Gesicht.

»Auf Ihr Wohl«, sagte sie. »Was wird hier gefeiert?«

»Ein Fest der Mieter dieses Hauses«, erklärte die Frau, die hinter ihr stehengeblieben war, »ein

Abschiedsfest. Nächsten Monat rückt der Bautrupp an, und dann müssen wir alle hier raus.«

»Das ist ja ein riesiges Gebäude.«

»Sozusagen unübersehbar«, bestätigte die Frau, »ich meine, darin findet sich fast keiner zurecht.« Sie bekam einen Schluckauf und legte die Hand über den Mund. »Tschuldigung. Also, das Haus hier war schon alles mögliche. Ganz früher natürlich Schloß und Gutshaus gleichzeitig, mit allem, was dazugehört, Ländereien, Ställen und Scheunen. Aber das ist schon lange her. Mal war es ein Erholungsheim für Kinder, mal Tagungsstätte für Priester... Altersheim, glaub ich, auch mal. Und so weiter und so weiter. Jetzt aber haben sie sich entschlossen, das ganze Gebäude grundlegend zu sanieren.«

»Wer sind ›sie‹?«

Sie gab Nora einen mitleidigen Blick. »Die, die das Geld haben. Die Stadt, die Gemeinde – was weiß ich. Sicher ist nur, daß wir uns nach einer neuen Bleibe umsehen müssen, und das wird für meine Freunde hier«, sie schloß den ganzen Tisch in eine großzügige Geste ein, »nicht einfach sein. Da bleiben wieder nur verlassene Fabrikhöfe und leerstehende Gartenhäuschen. Na, was man eben so kriegen kann. Und wir hatten es ausgesprochen gut hier, hab ich recht?«

»Du hast immer recht«, sagten sie.

»Ja, das hab ich. Möchten Sie es sich einmal ansehen?« fragte sie, wieder zu Nora gewandt.

»Ja.«

Sie stieß die abgeschabte Schwingtür auf und schob Nora in das graue dämmrige Treppenhaus, von dem zu beiden Seiten ein Gang abging. Links von der breiten Steintreppe, die nicht allzu steil nach oben führte, stand eine Tür offen und gab den Blick in ein Kabinett frei, das fast ganz von einer geborstenen Kloschüssel ausgefüllt wurde. An der Wand daneben hingen Plakate, teils abgerissen, teils wieder überklebt, eines war noch ziemlich neu, und Nora blieb stehen und betrachtete es. Es zeigte einen Hund, der, mit wenigen Strichen angedeutet, schräg über eine Wiese lief – vor einem vage skizzierten Hintergrund mit Zelt, Fahnen und Bäumen, so, als habe eben jemand die Szene draußen vor dem Haus festgehalten. Bilder zu einem Fest – stand darunter, und Nora drehte sich zu der Frau um, die das Plakat ebenso wohlgefällig in Augenschein nahm, wie sie es getan hatte.

»Sie feiern wohl gern?« fragte Nora.

»Hin und wieder, wenn es sich eben ergibt. Er kann was, finden Sie nicht auch?«

»Dieser Zeichner? O ja, er ist begabt.«

»Albert, unser Maler«, erklärte sie zufrieden. »Er hat die schönste Wohnung im ganzen Haus. Oben unterm Dach. Die Küche ist mit Zeitungen aus aller Welt tapeziert, wenn ich uns bei ihm einen Tee mache, lasse ich regelmäßig das Wasser überkochen, so fasziniert mich das. Nicht, daß ich eine dieser Sprachen könnte, aber es läßt sich so manches erraten. Sein Arbeitsraum ist übrigens hier unten. Sehen wir mal nach, ob er da ist.«

Sie wartete Noras Zustimmung gar nicht erst ab, schwenkte in einen der Gänge ein und lief, ihr voran, an Türen vorbei, die teilweise offenstanden, verwahrloste Säle oder Waschräume sehen ließen, manchmal noch möbliert mit billigen Einheitsmöbeln, wie man sie eben für Heime verwendet. In einem Winkel konnte Nora das Endstück eines Matratzenlagers erkennen, um das jemand einen an einer Schnur befestigten Vorhang gezogen hatte. In einem anderen Raum mußte eine der Küchen gewesen sein, Herde und Schränke lagen unter einer dünnen Staubschicht.

»Manchmal gibt es noch Strom und Wasser«, erklärte ihre Führerin im Vorübergehen, »manche Räume sind aber auch regelrecht tot. Für die meisten sind das natürlich unzumutbare Zustände, aber ich finde, das Haus hat einen eigenartigen Reiz.«

Das fand Nora auch. Sie stellte sich dieses Gebäude mit seinen mehr oder weniger geheimnisvollen Bewohnern vor wie einen Wald, teils beschützend, teils bedrohlich, voller Verführungen mit seinen Gängen, Kammern und Sälen, gespickt mit dunklen Ecken unter den Treppen und schattigen Nischen, die gleich zu Ende sein, aber auch ins Nichts führen konnten. Bald würde ein Trupp unbarmherziger Männer hier anrücken und das Haus bis aufs Skelett entkleiden, um es dann, bloßgelegt, getüncht, gefliest und mit Neonlicht versehen der Öffentlichkeit preiszugeben. Sie bogen in einen Seitenflur ein.

»Hier ist es«, sagte die Frau. Sie gab Nora den Weg in einen Saal frei, der vollgestellt war mit Staffeleien, Leinwänden, Brettern und Objekten, so daß sie sich zu dem Arbeitsplatz am Fenster durchschlängeln mußten. Hier fanden sie den Maler. Er war ein noch junger Mann, ein bißchen breit um die Hüften, aber den Kopf voll schwarzer Locken, die ihm beim Arbeiten in die Stirn fielen. Neben ihm saß auf einem Hocker ein Junge, der einen Farbtopf zwischen den Knien hielt und darin herumrührte, er blickte in ihre Richtung, trotzdem schien er sie nicht zu sehen, und Nora, ihm direkt gegenüber, fühlte sich auf seltsame Weise ausgeschlossen, entweder wollte er Kontakt vermeiden, oder er hatte Angst, zuviel von sich preiszugeben. Wie auch immer – in kurzem Erschrecken legte sie eine Hand auf ihre Brust und zog die Luft ein – er war schön. Das Gesicht von gelblicher Blässe, und eine Anmut in seinen Bewegungen, die sie fast traurig machte. Immer hatte sie schön sein wollen, und sie wußte, welche Anstrengung es kostete, dem Bild, das man von sich haben wollte, auch nur annähernd zu entsprechen, und da war einer auf eine so nachlässige und wegwerfende Weise schön, als wäre es das Einfachste auf der Welt.

Der Maler hatte sie jetzt auch bemerkt, legte seinen Pinsel weg, rieb sich die Hände an einem Lappen sauber und nickte ihr zu. »Hallo«, sagte er, »wen hat Magda mir da gebracht? Möchten Sie eine Schießscheibe kaufen?«

»Eigentlich nicht«, sagte Nora, und erst jetzt fiel ihr die runde Holzscheibe auf dem Tisch auf, an der er gearbeitet hatte. Sie zeigte einen Hirsch, der ein weißes Kreuz in seinem Geweih trug, das einen Jäger, der vor ihm in die Knie gebrochen war, ungemein zu erschrecken schien.

»Ist das nicht hübsch?« fragte der Maler selbstgefällig. »Nachher mache ich noch einen Firnis darüber, daß das Ganze aussieht, als wäre es schon hundert Jahre alt. Und dann schieß ich noch ein paar Löcher rein ... mit *Black und Decker ... Black und Decker* ... Na ja, man muß schließlich von irgendwas leben. Die Bilder, die ich wirklich mag, sind oben in meiner Wohnung. Möchten Sie sie sehen?«

»Sehr gern«, sagte Nora, »aber ich hatte wirklich nicht vor, etwas zu kaufen. Die Sache ist die ...«

»Sie kam zufällig vorbei«, half Magda nach, »und ich bot ihr an, das Haus zu besichtigen – bevor es zerstört wird.«

»Gerettet wird, wolltest du wohl sagen. Kommst du auch mit nach oben?«

»Im Moment nicht. Ich seh draußen mal wieder nach dem Rechten. Ihr könnt beide noch was zu essen haben. Matjes.«

»Mal sehen. Kommen Sie mit.«

Magda verließ sie, der Maler löschte das Licht über seinem Arbeitstisch, und der Junge glitt von seinem Hocker und folgte ihm durch den gewundenen Gang zur Tür wie ein Schatten, anmutig und lautlos – und Nora, die sich ihnen angeschlossen hatte, dachte keinen Moment daran, sich an seine Seite zu setzen oder ihn zu überholen, Schatten des Schattens blieb sie hinter ihm, bis sie die Wohnung auf dem Dachboden erreicht hatten.

Sie war unverschlossen – mit einem Fußtritt stieß der Maler die Tür auf und ließ Nora vor. Die Küche war, wenn auch mit allen Geräten, die man so brauchte, versehen, tatsächlich bis unter die Decke mit Zeitungen tapeziert und wirkte dadurch ziemlich chaotisch, während das angrenzende Zimmer, in das er sie führte, eine große Ruhe ausstrahlte. Es gab hier Polster über Polster, eine wahre Gebirgslandschaft, mit Höhlen und Schluchten, ansonsten beschränkte sich die Einrichtung auf einen mächtigen schwarzen Ofen, den eine Vase mit Chrysanthemen zierte, und auf geschickt in die Dachbalken eingebaute Regale mit Büchern, dazu eine Lampe auf einem niederen Tisch in einer Ecke, und, an die Wände gelehnt, die Bilder – spröde, in klaren Farben gehaltene Arbeiten, die Nora gefielen. Sie wanderte von Bild zu Bild, nahm eines weg, um das dahinterstehende besser betrachten zu können, und wandte sich dann mit einem Seufzer zum Gehen.

»Halt«, rief Albert, der inzwischen in der Küche eine Flasche entkorkt hatte, »bleiben Sie doch noch auf einen Schluck. Ich will Ihnen wirklich nichts verkaufen.«

Sie ließ sich in eines der Polster gleiten und spürte, wie es unter ihr nachgab. »Ihre Sachen gefallen mir sehr gut«, sagte sie, »aber ich lebe im

Moment in einem Zustand, der mich nichts so richtig entscheiden läßt. Noch nicht geschieden, aber wieder verlobt, dazu ziemlich plötzlich Mutter geworden ...«

»Oh.«

»Nicht wie Sie denken. Sie ist schon sechzehn, war aber die meiste Zeit im Internat.«

»Wenn das so ist«, meinte er, reichte ihr ein gefülltes Glas, kauerte sich neben sie und stieß mit ihr an, »ist es schon fast zuviel verlangt, meine Bilder anzusehen. Schauen Sie sich lieber Gilbert an, er gefällt Ihnen, hab ich recht?« Nicht weit von ihnen hatte sich der Junge hingelagert, einen Arm aufgestützt, das Kinn in die Hand gebettet. Albert klatschte leicht in die Hände, und Gilbert wandte sich ihm zu.

»Gib mir eine Zigarette«, sagte Albert.

Der Junge setzte sich auf, griff zu dem kleinen Tisch hinüber, nahm die Schachtel, die dort lag, zog eine Zigarette heraus und zündete sie an. Das kurz aufzuckende Licht beleuchtete sein Gesicht, ein Rauchfaden zog zur Decke und vermischte sich mit den Staubkörnchen, die dort in der Sonne tanzten. »Ich dachte, es würde nie mehr passieren«, sagte Nora. »Das letztemal geschah es in Ephesus im Museum, als ich den Kopf des Knaben Eros sah. Ich ging damals wie betäubt hinaus in den Hof – ein kleiner bunter Hahn und seine Hennen liefen dort zwischen den Tischen umher, an denen man Tee trinken konnte ... ich hörte den Muezzin in der Mittagshitze. Es ist das, wie die Engländer es nennen. Ein Hineinfallen.«

»Falling in love?«

»Ja ... und es muß nicht immer ein Mensch sein. Verstehen Sie?«

»Sehr gut – sonst wäre ich ein schlechter Maler. Aber was Gilbert angeht, so hat er zwar Sie erreicht, aber Sie werden ihn nie erreichen.«

»Wie meinen Sie das?«

»Er ist einfach stehengeblieben – als seine Mutter starb. Es ist schon Jahre her. Seitdem lebt er in einer Welt, zu der niemand sonst Zutritt hat. In unserer Stadt gilt er als Idiot, sein Vater hat Geld, tut aber nichts für ihn, und vielleicht ist das noch am besten so. Er hilft mir beim Farbenanrühren, meinem Onkel Jasper bei seinen Büchern, Gianni, unserem italienischen Wirt, in seinem Restaurant. Er kann Aufträge ausführen – sehr gut sogar. Und wir hier im Haus mögen ihn alle, er wird auch viel verlieren, wenn das Gebäude geräumt werden muß. Denn Gilbert ...« er unterbrach sich und füllte sein Glas neu, »Sie trinken ja gar nichts ... Gilbert ist der heimliche König hier. Keiner durchstreift das Haus wie er, kein Winkel ist vor ihm sicher. Wir anderen, wir bleiben an einem Ort. Ich bin immer hier oben oder unten im Atelier, Magda hält sich in ihrer Wohnung auf, jeder ist eben da, wo er sich seinen Platz gesucht hat. Gilbert aber wandert.«

Nora hatte ihr Glas ausgetrunken und erhob sich jetzt einigermaßen mühsam aus den Kissen. »Merkwürdig ist das alles«, sagte sie, »ich könnte Ihnen stundenlang zuhören, aber ich muß jetzt gehen. Sicher sind sie schon da.«

»Wer?«

»Nun, der Mann, den ich heiraten werde und meine Tochter. Wir haben gerade einen richtig schönen Urlaub hinter uns.«

»Wirklich?«

»Ja. Wir wollten uns näherkommen, wissen Sie.«

»Und wie war es?«

»Die Hölle.« Aber dann hob sie die Hände, legte sie über ihre Augen und schüttelte den Kopf. »Was sage ich da. Ich bin ungerecht. Die Hölle – das war Luis.«

2

Das Taxi fuhr eine Straße am Meer entlang und hielt dann neben einer zerbröckelnden Mauer. Gleich nach dem Aussteigen umringten sie die Straßenjungen mit ihren dunklen vergnügten Gesichtern und boten ihnen einschmeichelnd ihre Waren an: Bauchtanzschellen und handgeschnitzte Flöten, kleine bunte Kreisel, die sie auf den schiefen Pflastersteinen tanzen ließen.

»Später«, sagte Nora, »wir müssen zur Messe«, und sie folgten ihnen, schnatternd und kein bißchen böse bis in den Innenhof vor der Kirche. Dicke Weihrauchwolken empfingen sie, als sie eintraten und sich einen Platz suchten, und Luis bemerkte sofort, daß sie ihr Kirchengesicht bekam – wie er es nannte. So sehr Nora auch Religion für sich selbst ablehnte, war sie doch für all das empfänglich geblieben... den Weihrauchgeruch und das nur von flackernden Kerzen belebte Halbdunkel. Und auch das nahm sie für sich gefangen: Der schwermütige Wechselgesang dunkelgekleideter Männer vor goldschimmernden Ikonen und die beiden Priester, die weit entfernt im hinteren Teil der Kirche, nur durch ein geöffnetes Portal sichtbar, entrückt und wie nicht dazugehörig, die eigentliche Messe lasen. Luis genoß das Ganze wie ein Schauspiel, das gut gemacht war. Diese Art Gottesdienst war fest verwurzelt in alten Riten, den Abstand zwischen den Gläubigen und Priestern eher betonend als aufhebend. Man nahm den Leuten so viel, wenn das Mystische, Unverständliche allgemein verständlich gemacht wurde – der Hokuspokus war es doch, der anzog, auch wenn den meisten vom Weihrauch fast schlecht wurde. Er blickte in die Gesichter der Umstehenden, sah die Verzückung, die Demut, die Andacht, als der greise Patriarch von seinem Thron herunterstieg, um das Volk zu segnen. Was für ein würdevoller alter Mann: Abwesend, den Blick in eine Ferne gerichtet, die ihnen noch verschlossen war, dem Tod nahe, beschied Luis bei sich, aber alles dazu angetan, Nora zu entrücken. Er berührte ihren Arm und spürte ihr Erschauern. »Ist das nicht wunderbar«, flüsterte er. Die goldenen Ketten, die er um seinen Hals gehängt hatte, klirrten, und seine Augen, die sonst grünlich waren, insektenhaft schillernd, leuchteten jetzt dunkel und tief, erinnerten Nora an seine russische Großmutter, die sie aber nur von einem verblichenen Foto kannte.

Bevor sie wieder hinaustraten, zündeten sie ein paar der Kerzen an, die nicht dicker als ein Finger waren, und steckten sie in eine mit Sand gefüllte Schale vor einer der Ikonen. Es hatte zu regnen begonnen, die kleinen Jungen mit Schellen und Flöten waren verschwunden, dafür standen jetzt Männer mit Karren an der Mauer und boten Trauben und Mandarinen an. Luis winkte eine der gelben Taxen herbei und half ihr beim Einsteigen. Daran, wie sich die Haut über seinen Backenknochen spannte, erkannte sie, daß es wieder einmal soweit war. Diesmal also in Istanbul. Sie betrachtete das dunkle Profil des Fahrers, während Luis einen Zettel hervorkramte und ihm eine Straße nannte. Ein erstaunter Blick traf ihn, anscheinend war dies keine Gegend, wo Touristen sich hinbringen ließen.

Zehntausend türkische Lira forderte der Taxifahrer, und Luis war einverstanden ohne zu handeln, tausend Lira mehr oder weniger spielten keine Rolle, bei dem Geschäft, das er bald machen würde. Sie verließen die Straße, die am Meer entlangführte, aus dem Radio kam Musik, dieses gleichmäßige klagende Geheule, das sie immer an den Muezzin erinnerte, den sie auch vom Hotel aus hören konnte. Hinter und vor ihnen drängten sich die Autos, fuhren in Viererreihen, überholten einmal rechts, einmal links, hupten, zwangen ihr Taxi immer wieder stehenzubleiben und zu warten. Einmal lud ein Mann mitten auf der Fahrbahn von einem Lastwagen Gemüse ab, einmal passierten sie im Schrittempo ein Polizeiauto, von dem aus sich ein wie ein General gekleideter Polizeioffizier mit einem Megaphon die Kehle wund schrie. Nach dem Grinsen des Taxifahrers zu urteilen, vermutete Nora, daß er eine Reihe von Flüchen von sich gab, und noch lange hörte sie die schrille, sich überschlagende Stimme, die versuchte, etwas Ordnung in das Chaos zu bringen.

Als sie die Stadtmauer entlangfuhren, wurde es etwas ruhiger, sie passierten kleine Märkte – wo im Regen zusammengedrängte Schafe zum Verkauf angeboten wurden – Gemüsebeete und rauchende Schutthalden, und immer wieder eine der Moscheen, von denen sie die bekanntesten schon besichtigt hatten. Irgendwo am Rande der Stadt hielten sie an einem Tor, Luis entlohnte den Fahrer, und sie stiegen aus. Hier gab es keine Bettler und keine Kinder, die Waren anboten. Hinter dem Tor führte eine mit Löchern übersäte Straße zwischen drei- bis vierstöckigen Häusern durch, die noch nicht sehr lange gebaut waren, aber schon wieder so heruntergekommen wirkten, als wären sie uralt. Dazwischen gab es ab und zu ein fast in sich zusammengefallenes Holzhaus, die Reste ließen ahnen, wie schön diese Häuser gewesen waren, mit kunstvollen Vorbauten, geschnitzt und verziert, aber jetzt dunkel und verrottet, naß vom Regen. Vor den Mietshäusern lagen zum Teil aufgeplatzte Plastiktüten mit Müll, beizender Geruch nach Kohlefeuer hing in der Luft, und in den Fenstern, wo die Vorhänge mal nur in der Mitte, mal halb heruntergerissen an der Seite hingen, sah Nora ab und zu das Gesicht eines Kindes oder einer Frau, wie sie auf die Straße schauten, unbeweglich und mit einer Geduld, als würden sie dies den ganzen Tag tun, und morgen wieder und übermorgen ebenso. Sie kamen in ein belebteres Viertel, wo es auch Läden mit Obst und Fisch gab; wie schwarze, ineinanderverschlungene Riesenspaghettibündel hingen dort die Telefonleitungen über der Straße.

Zweimal sprach Luis Passanten an und zeigte seinen Zettel, und so stiegen sie schließlich eine schmale Treppe in einen winzigen Laden hinunter, der unter der Erde lag.

Es gab dort einen Tisch, auf dem ein Telefon stand, mit einem Stuhl dahinter, und eine lange Bank, die sich die Wand entlangzog, es gab keinen Hinweis darauf, was hier verkauft wurde, und während sie fröstelnd den Kragen ihrer Jacke am

Hals zusammenzog, dachte sie ... *ich* werde hier verkauft. Ein älterer Türke kam aus einem Hinterzimmer und begrüßte sie, er sprach englisch mit Luis, kam dann zu ihr herüber, nahm sie am Arm und führte sie in den Nebenraum. Auch hier war alles sehr spärlich eingerichtet, aber der Boden war mit Teppichen ausgelegt, dicken weichen Teppichen, und sie beugte sich gewohnheitsmäßig nieder, um ihre Schuhe auszuziehen, wie sie es auch vor den Moscheen getan hatte. Auch Luis zog seine Schuhe aus, und sofort schienen die Teppiche Kälte und Nässe aus ihren Füßen zu saugen, es war angenehm darüberzugehen, warm fühlten sie sich an und nachgiebig – mit moosbedecktem Waldboden vergleichbar. Sie ließen sich auf zwei Hockern nieder, die der Mann ihnen anbot, bevor er verschwand um zu telefonieren. Er kam mit einem Tablett zurück, auf dem er drei Gläser mit Tee stehen hatte, und Nora, die ihn dankbar entgegennahm, fühlte, wie er sie, obwohl es nur ein paar Schlucke waren, erwärmte und beruhigte. Sie gab das leere Glas zurück und legte beide Hände auf ihre Knie, und dann lief es so ab, wie es eigentlich überall auf der Welt ablief, wo immer Luis mit ihr hinbestellt wurde und man sich ihrer bediente, um zu erfahren, was anders nicht mehr zu erfahren war.

Es kamen Männer, dunkelhäutig und mit Bärten, alte und junge, bis der kleine Raum fast überfüllt war, auch sie tranken Tee, und das Gemurmel ihrer Stimmen wogte um sie her, fremdländisch und unverständlich, und es roch nach nassen Kleidern und Gewürzen, als kämen sie gerade vom Basar. Man gab ihr ein Foto und eine Haarsträhne in die Hand, und plötzlich saß sie allein in der Mitte, die Männer hatten sich an die Wände zurückgezogen. Aus ihrer Reihe löste sich Luis, kleiner noch als die ohnehin nicht sehr großen Türken, kindlich schmal, den Mund leicht geöffnet, kam er mit ausgestreckten Händen auf sie zu, kniete vor ihr nieder, daß sein Gesicht direkt vor ihrem war und strich ihr mit den Fingerspitzen über die Stirn. Sie sah ihn an. War es möglich, daß sie diesen Mund einmal geküßt hatte, vor wieviel Jahren? Daß sie mit diesem Kind geschlafen und ihm eine Tochter geboren hatte? Jetzt wurden seine Augen wieder so dunkel, wie sie vorhin in der griechisch-orthodoxen Kirche gewesen waren, ein tiefes glimmendes Schwarz, wie Kohlen ... dachte sie ... Teufelsaugen, und dann hörte sie seine Stimme, die ihr befahl einzuschlafen, diese wohltönende tragende Stimme, dieselbe Stimme, die ihr vor langer Zeit nach Marilus Geburt erklärt hatte, daß es nicht gut sei, wenn sie weiter wie Mann und

Frau miteinander lebten. Das berühmte Medium und sein Meister erniedrigen sich nicht in dieser Form ... so hatte er es genannt ... erniedrigen. Sie schloß die Augen und fühlte seine Hände auf ihren Wangen mit einer Zärtlichkeit, die nur der Sache galt und nicht ihr, sie spürte, wie ihr Geist sie verließ und versank in Bewußtlosigkeit.

3

Die Gesellschaft vor dem Haus hatte sich vergrößert. Paul und Marilu hatten sich in ziemlichem Abstand voneinander auf zwei freie Plätze gesetzt, und Rubber der Hund machte sich ein Vergnügen daraus die Hühner aufzuscheuchen, die beleidigt gackernd in sicherer Entfernung ihre Suche nach Würmern wiederaufnahmen.

Es war typisch für Paul, daß er sich, trotz der freundlichen Einladung, die er sicher ebenso wie sie bekommen hatte, erst einmal distanzierte. Immerhin hatte er einen Becher vor sich stehen, und sah nicht mehr ganz so angespannt aus wie vor einer Stunde, als sie ihn verlassen hatte.

»Da sind sie«, sagte Nora zu Albert, der sie vor das Haus gebracht hatte, »kommen Sie mit?«

Der Hund begrüßte sie und rannte gleich wieder weg. Zu den vorherigen Gästen hatte sich ein älterer Mann gesellt, der einen Nadelstreifenanzug trug, er schien sich sehr wohl zu fühlen, beide Arme aufgestützt, hörte er einmal auf seinen rechten, und dann wieder auf seinen linken Nachbarn, hob jetzt grüßend die Hand, als er den Maler bemerkte, und blickte, die Augenbrauen fragend hochgezogen, auf Nora. »Später«, sagte Albert, geleitete Nora zu Paul und stellte sich vor. Paul erhob sich ebenfalls halb vom Sitz und nannte seinen Namen, und Marilu, einen Meter weiter, kicherte prustend los. Magda erschien mit einem Tablett, auf dem Papptellerchen mit Matjes standen – reichlich mit Zwiebeln garniert – und ein Korb mit Brot. »Zusammenrücken«, kommandierte sie, »sonst gibt's nichts zu essen.«

Man gehorchte, und so fand sich Nora neben dem Mann im Nadelstreifenanzug, und Marilu, ihr gegenüber, hatte Gilbert zum Nachbarn.

»Hübsches Pärchen«, sagte der Nadelstreifenanzug, »Ihre Tochter?«

»Ja.«

»Wie alt?«

»Sechzehn.«

»Im chinesischen Alter.«

»Das verstehe ich nicht.«

Man mußte den Fisch mit den Fingern essen, wenn man ihn nicht gleich aufs Brot legen und so auf einmal in den Mund schieben wollte. Nora entschloß sich, eines der glibbrigen Dinger am Schwanz zu angeln und ließ es mit zurückgeneigtem Kopf etwas baumeln, bevor sie abbiß.

»Mit chinesischem Alter meine ich«, erklärte er, »daß sie im Augenblick ein Chinese ist, oder ein Hottentotte, oder ein Eskimo. Mit einem Wort und etwas weniger kompliziert: Sie ist schwierig.«

»Ja«, bestätigte Nora aus vollem Herzen, »das ist sie. Sie paßt sich einfach nicht an und lehnt so ziemlich alles ab.«

Weil der Bandoneonspieler sich entschlossen hatte, sie mit einer Art Tafelmusik zu erfreuen, konnte Marilu nicht verstehen, was sie sagte. Und so holte Nora noch weiter aus.

»Nun kommt bei ihr auch sehr viel zusammen. Sie liebt ihren Vater, von dem ich mich getrennt habe, abgöttisch, obwohl sie ihm überhaupt nicht ähnlich ist.«

»Das hat nichts zu sagen.«

»Und dann habe ich auch keine Erfahrung. Als Mutter, meine ich. Sie war immer im Internat, wir haben uns kaum gesehen, so verrückt das klingt. Die Ferien hat sie wechselweise bei ihren Freundinnen verbracht. Oder Luis ... mein früherer Mann ist allein mit ihr weggefahren. Sie ist mir wirklich so fremd wie ein Chinese. Und dabei dachte ich ... jetzt, da vieles sich ändert, ich wieder heiraten werde und mein Nomadenleben aufgegeben habe, wird alles so, wie es sein soll.«

»Und wie soll es sein?«

»Normal. Normal und vielleicht sogar harmonisch.«

Die Matjes schmeckten frisch und salzig und saugten zusammen mit dem Brot ein bißchen den Wein auf, den sie schon im Magen hatte, so daß sie sich in der Lage sah, einen weiteren Becher zu trinken. Dieser Mann neben ihr gefiel ihr. Und Albert gefiel ihr. Und Gilbert ihr gegenüber, in seinen Traum verloren, brachte sie nach Ephesus zurück, wo sie in einem Kinderporträt aus Marmor die Schönheit entdeckt hatte, das weise Lächeln eines schon allem entrückten Greises auf Eros' Knabengesicht.

Die Sonne war hinter dem Haus verschwunden und mit ihr die Hühner. Rubber hatte es sich unter dem Tisch bequem gemacht und beschnupperte die verschiedenen Füße, bis er seine Schnauze seufzend auf irgend jemandes Schuhe sinken ließ. Paul unterhielt sich angeregt mit Albert, und Marilu, die bis jetzt kein Wort gesprochen, und auch nichts gegessen und getrunken hatte, bat Gilbert plötzlich um einen Tanz. »Kannst du Tango?« fragte sie. Die Gespräche am Tisch verstummten, alle wandten sich ihr zu, und auch der Bandoneonspieler hielt inne, ließ noch ein paar leise zirpende Töne erklingen und wartete mit geneigtem Kopf auf das, was jetzt kommen würde. Zwei der Zahnlosen und Stoppelbärtigen stießen sich gegenseitig feixend in die Rippen, aber Magda packte Gilbert von hinten an beiden Armen, zog ihn von seinem Platz und nickte Marilu zu. »Hier hast du ihn«, sagte sie, »er ist ein bißchen schwerfällig. Musik!«

Und tatsächlich gelang es Marilu, Gilbert zum Tanzen zu bringen. Kein Tango, eher ein sanftes Hin- und Hergeschiebe, sie legte ihren Kopf mit den rotgoldenen Haaren auf seine Schulter und blinzelte ihrer Mutter unverschämt zu.

Paul beugte sich über den Tisch und spähte zu Nora hinüber. »Wir müssen los«, sagte er. »Ich weiß jetzt den Weg. In einer halben Stunde sind wir auf der Autobahn und dann können wir durchfahren. Kein Problem.«

»Ich will aber noch hierbleiben, Paul«, sagte sie. »Laß uns doch irgendwo in der Stadt übernachten. Wir haben den Urlaub ja vorzeitig abgebrochen, und da kommt es jetzt auf einen Tag mehr oder weniger auch nicht an. Bitte, Paul.« Sie wußte, daß er ihr nichts abschlagen konnte. Hatte er mit Albert ihren Fall erörtert? Hatte er angedeutet, was er sich da aufgehalst hatte? Eine neurotische Frau ... eine halsstarrige Tochter. »Er ist Rechtsanwalt«, erklärte sie dem Nadelstreifenanzug, »vielleicht kennt er einen Trick, daß Sie hier nicht ausziehen müssen. Er ist sehr klug.«

»Das bezweifle ich nicht. Was mich angeht, so wohne ich gar nicht hier. Aber Albert und die anderen sind vielleicht interessiert.«

Bevor sie darauf antworten konnte, hatte Magda ihn zum Tanz entführt. Vor ihr verbeugte sich, seine Locken zurückstreichend, Albert, und Paul walzte, das erschrockene Gesicht ihr zugewandt, mit einem der Landstreicher, der ihn graziös, einen gefüllten Becher in der freien Hand, hin und her schwenkte. Albert hatte einen kleinen Bauch, der aber nicht störte, sie legte ihm beide Arme um den Hals und war dankbar, daß er genauso nach Matjes und Zwiebeln roch wie sie. »Der erste einigermaßen schöne Abend seit einer Woche«, sagte sie.

»Wir sind wirklich eine nette Gesellschaft«, gab er zu. »Ein paar Landstreicher, wovon Magda lebt, verrate ich Ihnen lieber nicht, meine Wenigkeit und Jasper, mein Onkel.«

»Ihr Onkel? Und was macht er?«

»Hauptberuflich ist er Philosoph. Er hat eine kleine Leihbücherei.«

»Er ist auf jeden Fall sehr nett«, erklärte sie.

Sie waren unter dem Festzelt hervorgetanzt und drehten sich jetzt unter den Bäumen, durch deren schon teilweise entlaubtes Geäst ein blasser Mond schimmerte. Nicht weit von ihnen plusterten sich die Hühner auf ihrer Stange im Schlaf auf und rückten näher aneinander, während ein einsames Kaninchen in seinem Verschlag schattenhaft umherhuschte.

4

Sie hatten in einer kleinen Pension am Stadtgarten übernachtet, die Albert ihnen empfohlen hatte, und entschlossen sich, nach dem Frühstück noch schnell in Jaspers Leihbücherei vorbeizuschauen, um sich von ihm zu verabschieden. Gestern abend, als sie eingefahren waren, war es schon dunkel gewesen, so daß sie nicht viel hatten erkennen können, aber an diesem etwas nebligen Morgen, an dem Paul den Marktplatz umrundete, um vor einem der beiden Kaufhäuser, die sich gegenüber lagen, zu parken, sahen sie etwas mehr von dem schläfrig wirkenden Ort, der anscheinend nur mühsam zum Leben erwachte.

»Rubber lassen wir im Wagen«, sagte Paul, »ich bin schon kurz mit ihm durch den Stadtgarten gegangen, von daher gesehen ist alles erledigt. Was ist mit dir, Marilu?«

In die Polster zurückgelehnt, einen Arm um den Hund gelegt, hatte Marilu eigentlich vorgehabt im Auto zu bleiben, aber jetzt sah sie im Rückspiegel Gilbert aus dem auf der anderen Seite des Platzes liegenden Kaufhaus *Taube* kommen. »Ich seh mich ein bißchen um«, sagte sie. Sie drehte die Scheibe neben Rubber ganz herunter, damit er genug Luft bekam, und stieg ebenfalls aus. Ein Mädchen, das das Trottoir kehrte, starrte ihr mit aufgerissenem Mund nach, als sie über die Straße lief und Gilbert, der schon ein Stück weiter weg war, einholte, um ihn unterzuhaken.

»Bleib nicht zu lange«, rief Nora ihr hinterher.

Marilu warf nur ihr langes Haar zurück und redete auf den stummen Gilbert ein, während Paul das Auto abschloß und sich bei dem Mädchen, das sich immer noch staunend auf seinen Besen stützte, nach Jaspers Leihbücherei erkundigte. »Dort drüben«, zeigte sie, »hinter den Bäumen.« Verwirrt kratzte sie sich am Kopf. »Ich hätte im ersten Moment schwören können...« murmelte sie, lehnte den Besen an eine Wand und rannte in das Kaufhaus auf ihrer Seite, das dem anderen wie ein Spiegelbild glich, nur daß es statt Kaufhaus *Taube* Kaufhaus *Zittel* hieß.

»Als würden sie sich gegenseitig auf den Arm nehmen«, meinte Nora, »schau dir das mal an.«

Sie drehten ihre Köpfe hin und her, aber es war tatsächlich so, Fenster um Fenster war nahezu identisch dekoriert, da gab es dieselben billigen Spielsachen, Haushaltswaren, Textilien. Keiner sah dem anderen auch nur das Geringste nach, *Zittel* und *Taube* hätten Zwillinge sein können.

»Verrückt«, sagte Nora. Sie tätschelte dem beleidigt durchs Fenster schnaufenden Hund die Schnauze und folgte Paul quer über den Platz, wo ein paar mit welken feuchten Blättern bedeckte Bänke, die um einen verstummten Brunnen standen, daran erinnerten, daß auch hier einmal Sommer gewesen war, Leute in der Sonne gesessen, dem Rauschen des Wassers zugehört und den umhertrippelnden Tauben Futter hingestreut hatten. Den Platz umgaben noch eine *Aldi*-Filiale und ein italienisches Restaurant, die auf einer leichten Anhöhe gebaute Kirche in gotischem Stil und einige restaurierte Fachwerkhäuser. Jaspers Leihbücherei lag versteckt hinter zwei ineinander verzweigten Platanen, die, wenn sie belaubt waren, ein grünes schattenspendendes Dach bilden mußten, aber jetzt mit ihren fleckigen Stämmen hüllenlos dastanden und den Blick freigaben auf die Auslage im Schaufenster, die Paul zu einem erstaunten Pfiff veranlaßte. »Tod in den Bergen«, las er, »Sylvias spätes Glück … Drama auf Station sieben.« Feixend ging er die paar Stufen zum Laden hoch und drückte die Klinke herunter. Eine Glocke ertönte, und Jaspers Stimme kam aus einem Hinterzimmer. »Kundschaft?« rief er.

»Nein«, antwortete Nora, »wir sind's nur. Wir wollten uns verabschieden.«

»Das ist schön.« Er erschien unter der Tür, nicht im Nadelstreifenanzug, sondern in Kordhosen und einem ausgebeulten Pullover – in der Hand hielt er einen Löffel, mit dem er gerade ein Ei aus dem Wasser hatte holen wollen. »Ich bin beim Frühstück«, sagte er, »darf ich Sie dazu einladen?«

»Wir haben eigentlich schon... aber gegen einen Kaffee hätte ich nichts einzuwenden«, sagte Nora und folgte ihm mit Paul ins Hinterzimmer, wo sie in einem bis zur Decke reichenden Regal die Bücher fanden, die sie bei Jasper vermutet hatten. Er holte sein Ei aus einem brodelnden Topf, der auf einem Kanonenofen stand, trug es zu einem Tisch hinüber, ließ es in den Eierbecher gleiten und bat sie, sich zu setzen. Es gab ein Sofa und ein paar Stühle, von denen keiner zum anderen paßte – Paul schob zwei an den Tisch, während Jasper noch Tassen und Teller aus einer sich an das Hinterzimmer anschließenden Küche holte. An einer Wand hing eine große Weltkarte, in die Fähnchen gesteckt waren, und in der Ecke stand ein aufgeklappter Koffer, halb mit Kleidern gefüllt.

»Sie wollen verreisen?« fragte Nora.

»Ja...« kam es etwas zögernd aus der Küche, »ich werde bald eine große Reise machen.« Er kehrte zurück und bat sie zuzugreifen.

»Frühstücken Sie immer so üppig?« fragte Paul und betrachtete verwundert den mit Wurst und Käse, Honig, Marmelade und verschiedenen Brotsorten gedeckten Tisch.

»Nur mittwochs«, sagte Jasper, »kann Sie nichts verlocken?«

»Für uns wirklich nur Kaffee«, sagte Nora.

»Tja«, meinte Jasper, schenkte ihnen ein, lehnte sich auf dem Sofa zurück und schlug genüßlich sein Ei auf, »mittwochs nehmen Albert und ich nur ein Frühstück zu uns, weil wir am Abend von Gianni ein Essen bekommen – mit allen Schikanen.«

»Der Italiener vis-à-vis?«

»Genau. Er kocht phantastisch. Das Mittagessen fällt dann natürlich aus.«

»Natürlich«, sagte Nora geistesabwesend. Sie hatte sich erhoben und stand, die Tasse in der Hand, vor der Weltkarte, folgte den Linien der Flüsse, betrachtete Seen und Gebirge, murmelte die fremdländischen Namen, als wäre sie allein im Raum.

»Sind Sie viel gereist?« fragte Jasper, »kennen Sie die Orte, die ich markiert habe?«

»Ein paar schon«, sagte sie. Sie nahm einen großen Schluck von dem heißen Kaffee und spürte, wie die Namen, die sie las, Bildern Platz machten. Das Zimmer mit den beiden Männern, der leise vor sich hinbullernde Ofen, der Regen, der gegen das Fenster zu stricheln begonnen hatte, verschwanden, und sie stand auf einem Markt, über den dunkelhäutige kleine Frauen in weiten Hosen watschelten. Braune Hände streckten sich ihr entgegen, gefüllt mit Pistazien, Granatäpfeln, frischen Feigen. Und neben ihr war Luis, der ihr alles zeigte, sie führte und erklärte, Luis, der vor nichts zurückschreckte, in die dunkelsten Gassen ging, in die finstersten Gewölbe hinabstieg, feilschte, schwatzte, gestikulierte, schließlich brüderlich umarmt von den Händlern, die in ihm einen Virtuosen in dieser Kunst erkannt hatten.

»Nora«, kam Pauls mahnende Stimme, die sie zurückholte. Guter, ehrlicher Paul – er hatte sie davor bewahrt, verrückt zu werden, aber der Weg dorthin war schön gewesen. »Ja«, sagte sie, »ich bin viel gereist, mit Luis, meinem Mann, meinem ersten Mann.«

»Sind Sie geschieden?« fragte Jasper. »Oder ist er gestorben? Entschuldigen Sie ... ich bin zu neugierig.«

»Wir leben getrennt, aber wir werden uns scheiden lassen. Und dann heirate ich Paul.« Es klang traurig, wie sie das sagte, und sie verließ die Karte und trat ans Fenster, von dem aus man in einen Hof sehen konnte, vollgestellt mit Gerümpel, über das der Regen jetzt seine Tropfen sprühte. Jasper ließ seinen Löffel sinken. »Sehr begeistert hört sich das aber nicht an«, meinte er.

»Sie ist krank«, sagte Paul wütend. »Oder, besser gesagt, sie war krank und ist immer noch anfällig. Und ich hasse es, daß sie diesem Zustand auch noch nachtrauert. Ohne mich säße sie jetzt schon im Irrenhaus. Und ihre Tochter ...«

»Der Chinese«, unterbrach Jasper, tauchte seinen Löffel wieder in den inzwischen erkalteten Eidotter und aß weiter.

»Wieso Chinese«, rief Paul irritiert. »Ihre und dieses ... dieses Menschen Tochter hat die Chance bei mir zu leben wie jede Sechzehnjährige. Mit allen Problemen. Nie abgeschoben. Aber das alles ist Nora anscheinend zu grau – zu belastend. Ich wette, sie war vorhin auf einem persischen Markt, oder im schottischen Hochland ... oder weiß Gott wo. Nur nicht hier, nur nicht mit diesem Blick auf einen verregneten Hinterhof, dieser Begegnung mit dem Alltäglichen.« Er stand auf, ging zu ihr hin und schüttelte sie. »Mit jemandem leben und jemanden lieben bedeutet auch Angst zu haben, bedeutet, sich immer wieder auseinandersetzen zu müssen – ohne Möglichkeit zur Flucht. Es bedeutet schlaflose Nächte, weil man vor Sorge fast umkommt, Selbstaufgabe bis zum Brechreiz ... bedeutet, sich selbst niemals ganz für sich zu haben.«

»Ich bin ja Junggeselle«, sagte Jasper, »aber irgendwie habe ich mir Liebe anders vorgestellt.«

»Sie haben recht«, sagte Paul müde und ließ Nora so abrupt wieder los, daß sie von ihm wegtaumelte, »so stellt man sie sich nicht vor. Vielleicht ist Liebe für die meisten das, was sie auch für Luis war. Etwas, das man benutzt – zu seinem eigenen Vorteil.« Er setzte sich wieder an den Tisch und zog seine Zigaretten aus der Tasche. »Darf ich rauchen«? fragte er, nun wieder ganz beherrscht, und Jasper nickte und goß ihm frischen Kaffee ein.

5

»Er ist so ein netter alter Mann«, sagte Nora, als sie zum Auto zurückliefen, »ich glaube, wir haben ihn erschreckt.«

»Das denke ich nicht«, erwiderte Paul, »und wenn, dann war es nur ich, nicht du. Sieh mal, Marilu ist schon da.« Sie stand vor dem Kaufhaus *Zittel* und diskutierte heftig mit dem Mädchen, das anscheinend wieder zu seinem Besen zurückgekehrt war, und nun, als Nora und Paul näherkamen, eine fast drohende Haltung einnahm. »Ihr ... Ihr Hund ...«, schnappte es und zeigte mit ausgestrecktem Finger zum Auto, wo Rubber, der sich keiner Schuld bewußt war, auf dem Rücksitz stand und die Schnauze aus dem Fenster streckte.

Marilu schwenkte einen Zettel. »Das war unter dem Scheibenwischer. Rubber soll jemanden gebissen haben ...«

»... bis aufs Blut«, ergänzte das Mädchen mit dem Besen.

»Ja ... es ist ein roter Fleck dran«, fuhr Marilu angewidert fort und gab Paul den Zettel.

»Rubber hat noch nie jemanden gebissen.« Nora wandte sich an das Mädchen. »Haben Sie was gesehen?«

»Ja«, sagte sie, »das war so. Meine Chefin kam an und fuhr auf den freien Parkplatz neben Ihren Wagen. Und beim Aussteigen stützte sie sich auf ihre Tür, das macht sie immer so, weil sie Probleme mit ihrem Gewicht hat... und dabei kam sie in die Nähe des Fensters, und er, dieser Köter, fährt heraus und erwischt ihren Finger. Es hat wahnsinnig geblutet.«

»Wahrscheinlich dachte er, jemand hält ihm ein Würstchen hin«, sagte Marilu und tätschelte Rubbers Kopf.

»Ihre Chefin?« fragte Paul, und drehte den mit einem Blutfleck verzierten Zettel hin und her. »Sie möchte uns sprechen. Ist sie da?«

»Sie wird noch beim Arzt sein. Aber ich soll Sie in ihr Zimmer hinaufführen. Und die da soll mit.«

Die da war wohl Marilu. Sie zog verächtlich die Luft durch die Nase, ging dann aber mit, hinter dem Mädchen her, das sie durch das Kaufhaus führte. Es war ein typisches Kleinstadtkaufhaus, mit einem auch auf die im Umkreis wohnende Landbevölkerung ausgerichteten Sortiment. Da waren Blumenzwiebeln, Plastikeimer, buntgeblümte Bettwäsche, Bügeleisen, Illustrierte und

Zigaretten. Es gab eigentlich fast alles, keinen Ramsch, aber auch nicht gerade erste Qualität. Die Verkäuferinnen, und es waren nur ältere Frauen, trugen unkleidsame graue Kittelschürzen, die sie alle gleichmäßig trist aussehen ließen. Hinter der Wäscheabteilung führte eine Treppe in das obere Stockwerk, wo das Mädchen ihnen die Tür zu einem Büro öffnete, dessen Fenster auf den Platz hinausgingen.

»Bitte setzen Sie sich«, sagte sie, stolz, hier einmal, und sei es auch nur in diesem Moment, als Hausherrin auftreten zu können. »Ich weiß nicht, ob ich Ihnen was anbieten darf.«

»Das ist wahrhaftig nicht nötig«, meinte Paul und trat ans Fenster.

Drüben auf der anderen Seite, im ersten Stockwerk des Kaufhauses *Taube,* stand ein Mann und sah zu ihnen herüber. Er war groß und massig,und schien jetzt, als er Paul ausmachte, einen Augenblick erstaunt, übertrug aber dann sofort seine Abneigung auf diesen Fremden, wölbte verächtlich die Lippen vor und zog sich in den Hintergrund seines Zimmers zurück.

»Gilberts Vater, nehme ich an«, sagte Paul zu Nora, die neben ihn getreten war und gerade noch einen Blick auf den Mann hatte erhaschen können, »wir haben gestern über ihn gesprochen.«

»Gilbert ist irgendwo ein Spinner«, erklärte Marilu, die es sich in einem der gewaltigen Sessel bequem gemacht hatte, »er spricht einfach nicht mit mir. Bleibt stumm wie ein Fisch.«

Das Mädchen, die Hände auf dem Rücken zusammengelegt, und in der Nähe der Tür postiert, als müsse sie einen Fluchtversuch vereiteln, brach in ein nervöses Lachen aus.

Nora wandte sich erstaunt nach ihr um. »Er ist nur stehengeblieben«, sagte sie. »Er hat nach dem Tod seiner Mutter einfach eine Tür geschlossen, verstehst du? Das heißt, er lebt in einer Welt, zu der niemand Zutritt hat.«

»Ach so«, sagte Marilu. Sie wirkte schmal und kindlich in diesem mit wuchtigen altdeutschen Möbeln eingerichteten Raum, und sie erinnerte Nora an ihren Vater, wie sie jetzt eine Hand hob und sich das Haar hinters Ohr strich, verträumt, mit einem leisen Lächeln, während das andere Mädchen, kaum älter als sie, aber mit einem störrischen und verkniffenen Gesicht, sich nicht länger beherrschen konnte. »Der Gilbert ist nicht stehengeblieben«, stieß es hervor, »was reden Sie da. Ich könnte Ihnen was erzählen ...«

»Nichts wirst du, Rosi«, sagte eine harte Stimme von der Tür her, und eine Frau, die ihrem Gegenüber im Kaufhaus *Taube* an Massigkeit kaum nachstand, packte sie und schob sie in den Flur hinaus. Mit der linken Hand – denn die Rechte hatte sie in einer Schlinge, die hinter ihrem Hals geknotet war.

»Die Angehörigen des blutrünstigen Köters?« fragte sie.

»Rubber ist nicht blutrünstig«, rief Marilu und sprang auf, »er ist so sanft wie ein Lamm. Ich weiß nicht, was Sie gemacht haben, daß er Sie ein bißchen gezwickt hat – vielleicht wollte er spielen.«

Die Frau blickte sie nur kurz an und dann gleich wieder weg, mit einer Handbewegung bat sie die drei sich zu setzen und ging zu dem schweren, mit Büchern und Geschirr gefüllten Schrank, um dort die Klappe zu einer verspiegelten, beleuchteten Hausbar zu öffnen. »Was wollen Sie trinken?« fragte sie mit belegter Stimme. »Einen Kognak?«

»Danke, nichts«, sagte Paul knapp.

»Aber ich kann einen gebrauchen«, meinte sie, füllte sich, ungeschickt mit einer Hand herumhantierend ein Glas bis zum Rand und trank es auf einmal leer.

»Also, machen wir es kurz«, sagte Paul, immer noch ihren massigen Rücken vor sich, denn sie war vor der Bar stehengeblieben, als überlege sie, ob sie sich noch einmal einschenken solle. »Der Hund, das heißt natürlich wir, sind versichert. Wir geben Ihnen unsere Adresse und Sie schicken uns alle Rechnungen.«

»Die Spritze, die ich mir habe geben lassen, zahlt die Krankenkasse«, murmelte sie.

»Na gut, wenn Sie Schmerzensgeld wollen, eine Vergütung für ausgefallene Arbeitsleistung oder was auch immer, nennen Sie mir Ihre Vorstellungen und ich werde das gleich erledigen – egal, ob ich es wiederkriege oder nicht. Wir haben keine Lust hier...«

»Ich will auch kein Schmerzensgeld«, unterbrach sie ihn sanft.

»Was um Himmels willen wollen Sie dann?«

»Ihre Tochter«, sagte sie, füllte sich das Glas nun doch noch einmal und drehte sich zu ihnen um.

»Unsere Tochter?« fragte Paul fassungslos.

Sie nickte. »Nur für ein paar Tage. Dann kann ich meine Finger wieder gebrauchen – sagt der Arzt. Ich lebe allein, wissen Sie, seit dem Tod meines Mannes und... aber das tut hier nichts zur Sache.« Sie leerte auch das zweite Glas und holte tief Luft. »Es wäre also gut, sie ginge mir im wahrsten Sinn des Wortes zur Hand.«

»Ich denke nicht dran«, sagte Paul.

»Gut.« Sie stellte das Glas so hart ab, daß es ein knallendes Geräusch auf dem Tisch gab. »Dann werde ich dafür sorgen, daß Ihr Hund gespritzt wird.«

»Nein«, schrie Marilu. Wenn ihr an irgend etwas lag, dann an Rubbers Wohlergehen. Sie stürzte sich auf Paul und schlug ihm beide Fäuste gegen die Brust. »Du hast überhaupt nichts zu bestimmen. Du bist nicht mein Vater. Ich bleibe hier – ich hab sowieso noch acht Tage Ferien, und ich bin froh, wenn ich euch beide mal nicht sehe.«

»Schon gut«, sagte Paul. Die Gefühlsausbrüche an diesem Morgen nahmen allmählich überhand. Er löste ihre Hände von seiner Brust und trat einen Schritt zurück. »Mach was du willst.« Er wandte sich an Frau Zittel. »Sie wird also bei Ihnen wohnen und Ihnen behilflich sein. Wir holen sie nächste Woche um diese Zeit wieder ab.« Ohne weiteren Kommentar verließ er den Raum.

»Bring mir noch meinen Koffer rauf«, rief Marilu hinter ihm her. Nun, da sie Rubber in Sicherheit wußte, hatte sie sich wieder beruhigt, setzte sich auf die Sessellehne und schlug die Beine übereinander. »Ich heiße Marilu«, sagte sie, »und wie soll ich Sie nennen? Frau Zittel?«

»Am besten sagst du Mutter zu ihr«, meinte Nora.

»Mutter?«

»Ich weiß von Albert, daß du ihrer verschwundenen Tochter ähnlich bist. Sie nutzt die Gelegenheit, noch einmal...«

Jaspers Bemerkung fiel ihr ein, und sie seufzte, »einen Chinesen um sich zu haben. Ist es das, Frau Zittel?«

Die Frau hatte sich in den Sessel neben Marilu fallen lassen und entblößte jetzt grinsend ihre falschen Zähne. »Ja, das ist es«, sagte sie. »Eine Mädchenstimme, Türenschlagen und Lachen, leichte Schritte auf der Treppe, ein Luftzug im Vorübergehen...«

»Wau«, machte Marilu.

Frau Zittel warf ihr einen giftigen Blick zu. »Trotzdem möchte ich eines richtigstellen«, sagte sie und zupfte an der Manschette ihrer graugestreiften Bluse, die im Farbton auf die Kittel ihrer Angestellten abgestimmt war. »Lissie ist nicht einfach so verschwunden. Das klingt ja fast, als hätte sie mich verlassen. Das hätte sie nie getan. Nein – irgend jemand hat sie umgebracht.«

6

Albert kniete vor Jaspers Koffer und betrachtete kopfschüttelnd, was sein Onkel da so mehr oder weniger sorgfältig eingepackt hatte. »Wanderschuhe«, sagte er, »verrat mir mal, wo du die anziehen willst. In der Karibik?«

»Schon möglich.«

Sie waren im Hinterzimmer von Jaspers Laden und tranken Tee, ohne Milch und Zucker, um sich den Magen für das Abendessen weitgehend frei zu halten. Der Nachmittag ging dem Ende zu, aber da es sowieso den ganzen Tag geregnet hatte, kam die Dämmerung übergangslos, tauchte das Zimmer in ein graues Zwielicht, so daß man die große Weltkarte, die Jasper an die Wand gepinnt hatte, kaum noch erkennen konnte.

»Ich mach mal Licht«, sagte Albert. Er knipste die Deckenlampe an und streifte seinen Onkel, der mit übereinandergeschlagenen Beinen auf der Couch lag, mit einem belustigten Blick. »Jasper, mein Lieber«, sagte er, »wie wirst du das ertragen, drei Monate ohne deine ausgebeulten Cordhosen und ohne diesen Pullover, der aussieht, als hätten Mäuse darin geschlafen. Du brauchst einen Smoking, Seidenhemden, Lackschuhe.«

Jasper verfolgte die durch die plötzliche Helle an der Decke aufgetauchten Risse, die sich malerisch bis zu den Wänden schlängelten und seiner Phantasie jedesmal neue Nahrung gaben, so oft er sie auch sah. »Ich werde wohl nicht gerade am Kapitänstisch sitzen«, sagte er.

Albert nahm eines der Fähnchen, die in der Karte steckten, beugte sich vor und las: »Belawan.«

»Sumatra«, sagte Jasper, ohne die Decke aus den Augen zu lassen.

Sehr lange schon spielten sie dieses Spiel. Eigentlich fast von dem Tag an, da Jasper sich endlich in der Lage sah, seinen Traum von einer Weltreise zu verwirklichen. Albert machte sich einen Spaß daraus, noch besser Bescheid zu wissen als er. Er kannte die Route in- und auswendig und hatte jeden der einhundertelf Tage im Kopf. »Neunundneunzig?« fragte er.

Jasper wälzte sich auf die Seite und dachte nach. »Cozumel?« sagte er schließlich. »Mexiko?«

»Richtig.«

Die Glocke an der Ladentür schepperte, und eine Frau rief: »Jemand da?«

»Komme schon«, sagte Jasper. Entgegen ihrer Absprache, den ganzen Mittwoch vor dem Abend nichts zu essen, holte er sich einen Keks aus der Büchse, die auf der Anrichte stand, und begab sich kauend in den Laden. Eine junge Frau – den Arm voll mit Büchern – sah ihm strahlend entgegen. »Ich habe Ihr Foto aus der Zeitung ausgeschnitten«, sagte sie, »der Panamahut steht Ihnen wirklich gut. Und das mit der Weltreise stimmt also? Das muß doch ein Schweinegeld kosten.«

»Einhundertfünfzigtausend.«

Sie zog die Luft ein. »Au weia. Und so viel kriegt man mit einer Leihbücherei zusammen?«

Er schluckte das letzte Stückchen Keks hinunter und strich sich die Krümel vom Pullover. »Nun ja«, meinte er, »nicht ganz. Aber meine Lebensversicherung, die ich mir habe auszahlen lassen... und eine kleine Erbschaft... geben Sie her.« Er nahm ihr die Bücher ab, breitete sie auf der Ladentheke aus und hakte die von ihm in einem Heft notierten Titel ab. »Was darf es heute sein?« fragte er dabei. Sie wanderte die Regale entlang und strich dabei träumerisch mit der Hand über die Buchrücken. »Arztromane... hab ich ziemlich über. Bergromane... nicht schon wieder. Was schlagen Sie mir vor?«

»Kierkegaards Tagebücher«, sagte er.

Sie kicherte. »Ist das was... nun, Sie wissen schon, was ich meine. Ist das was Erotisches?«

»Eigentlich nicht.« Entschuldigend lächelte er sie an. Er hatte sie nicht ärgern wollen. Sie war eine seiner besten Kundinnen und eine nette Frau. Unkompliziert. Eine Eigenschaft, die er mit zunehmendem Alter an anderen immer mehr zu schätzen begann. Wenn man sein Leben auf die Dinge reduzierte, die wirklich wichtig waren, konnte nicht mehr allzuviel schiefgehen. Was ihn anging...

»Geben Sie mir Liebesromane«, sagte sie. »Für zehn Mark.«

Für zehn Mark Liebe. Darin war er der städtischen Bücherei unbedingt überlegen – Liebe gab's bei ihm im Überfluß. Und während er die Bücher zusammensuchte, fiel ihm das sauertöpfische Gesicht der bei der Stadt angestellten Bibliothekarin ein, deren Weg sie zweimal am Tag an seinem Schaufenster vorbeiführte – dessen Auslage sie stets mit einem Blick streifte, als müsse sie einen Brechreiz unterdrücken. Dabei hatte er in seinem Hinterzimmer Bücher, von denen die Stadtbibliothek nur träumen konnte. Aber woher sollte sie das wissen. Er legte der Frau die Bücher vor, und sie nickte zustimmend. »Wie lange werden Sie wegbleiben?«

»Einhundertundelf Tage.«

Sie kniff die Augen zusammen und rechnete. »Das sind ja mehr als drei Monate.«

»Die Welt ist groß.«

»O ja«, sagte sie, »das ist sie.«

Er kehrte zu Albert zurück und fand ihn neben der Keksbüchse, das Hemd mit Krümeln übersät.

»Wir wollten doch nicht ...«, sagte er, schuldbewußt, weil er damit angefangen hatte.

»Ich hör ja schon auf. Wie willst du das aushalten? Drei Monate ohne Giannis Pasta? Drei Monate ohne Calamari neri?«

»Oca al vino.«

»Torta di feggatini«, er schnalzte mit der Zunge. »Ach Jasper, wie spät ist es?«

Jasper sah auf seine Uhr. »Noch eine Stunde. Leg dich ein bißchen aufs Ohr. Da kommt wieder jemand.«

Er fand ein kleines Mädchen im Laden vor, das für seine kranke Mutter nach beruhigender und ablenkender Lektüre fragte. Er versorgte sie mit zwei Heimatromanen und sah ihr nach, wie sie über den nassen Marktplatz davonging. Drüben in der *Aldi*-Filiale brannte Licht, aber Giannis Restaurant, gleich daneben, war noch dunkel, und trotzdem wußte er, daß Gianni in seiner Küche am Zaubern war, denn das, was er dort tat, ging über simples Kochen weit hinaus. Er war ein Künstler, ein Glücksfall für dieses verregnete Nest, eine Sternschnuppe am öden Himmel der Paprika- und Jägerschnitzelköche, ein Genie, dessen wahren Wert in dieser Stadt nur zwei richtig erkannt hatten – und das waren Albert und er.

Als es draußen ganz dunkel wurde, begannen sie die Theke im Laden abzuräumen und breiteten ein gestärktes weißes Tuch darüber. Sie deckten mit Jaspers feinstem Porzellan, das schon seit Generationen im Besitz seiner Familie war, und so bot sich sehr bald den draußen Vorübergehenden das einladende Bild eines nur durch Kerzenlicht aus der Dämmerung des mit Bücherregalen gefüllten Raumes herausgehobenen Tisches, auf dem alles bereitstand, einschließlich einer Warmhalteplatte – nur das Essen fehlte noch. Jasper und Albert setzten sich einander gegenüber, breiteten die Servietten über ihre Knie und warteten auf das Läuten der Stadtkirche, deren Turm die Häuser um den Marktplatz um einiges überragte, so daß die harten bimmelnden Schläge weithin zu hören waren.

Genau um sieben Uhr – kaum war der letzte Glockenschlag verhallt – öffnete sich drüben die Tür des Restaurants, und eine kleine Prozession bewegte sich feierlich über den Marktplatz. Gianni voran – er hielt die Terrine mit den Antipasti, ihm folgte Maria, seine Frau, mit dem Hauptgericht, den Schluß bildete Luigi der Kellner, der in einem Korb die Weinflaschen trug. Sie erklommen die Treppe zu Jaspers Laden und traten ein. Sie hoben die vom Regen übersprühten Deckel von ihren Töpfen und entkorkten den Wein. Luigi schenkte ein und Gianni legte vor, während Maria nur dastand, eine Hand gegen ihren Busen gepreßt, die andere mit einem karierten Handtuch vor dem Gesicht, als wollte sie sich verstecken. Jasper ließ seine schon gefüllte Gabel sinken und deutete mit ihr auf Maria. »Sie weint doch«, sagte er.

»Sie ist eine Frau«, sagte Gianni.

»Das allein ist noch kein Grund.«

»Warum«, schluchzte Maria hinter ihrem Tuch hervor, »warum sollen wir es Ihnen nicht sagen. Es ist das letztemal... das letzte Mittwochessen... Madonna.«

Jasper war gerührt. »Aber Maria«, sagte er, »ich fahre doch nur für drei Monate weg.«

»Verzeihen Sie, das ist es nicht«, sagte Gianni bekümmert, während er einen Petersilienstengel zurechtlegte, »wir müssen schließen. Wir können die Pacht nicht mehr bezahlen. Wenn Sie zurückkommen, Signor Jasper, wird es Giannis Restaurant nicht mehr geben. Kein Essen mehr mit Signor Albert zwischen den Büchern, mit Leuten, die ihre Nasen ... ihre Nasen ...«

Seine Stimme erstarb, und er zeigte mit einer Kopfbewegung, was er meinte. Tatsächlich hatten sich, wie sonst auch, wieder ein paar Schaulustige eingefunden, die ihre Nasen an der Schaufensterscheibe plattdrückten, um wenigstens von außen an ihren Tafelfreuden teilzunehmen. Jasper hob das Glas und trank seinem Publikum zu. »Die Pacht«, sagte er nachdenklich.

»Zweitausend im Monat. Das muß erst mal verdient sein. Wir sind am Ende.«

»Überhaupt keine Reserven?«

»Ich habe einen Olivenhain in Apulien mit einer kleinen rosa Villa drin. Eine sehr kleine Villa ... aus rosa Marmor. Aber bis jetzt hat keiner gekauft.«

»Ich war mal in Apulien«, sagte Jasper, »ich liebe es – ein Eidechsenland. Was gibt einhundertfünfzigtausend geteilt durch zwei?«

»Fünfundsiebzigtausend«, sagte Albert.

»Und wieviel Jahre sind fünfundsiebzig Monate?«

»Etwas mehr als sechs Jahre.«

»Wieviel Mittwoche haben sechs Jahre?«

Albert krauste die Stirn und dachte nach. »Dreihundertundzwölf«, verkündete er.

»Alles klar«, sagte Jasper, tauchte seine Gabel wieder in eine gefüllte Aubergine, kostete und lehnte sich mit einem dankbaren Seufzer zurück, »ich werde nicht wegfahren. Ich kaufe ihm seine Villa ab ... mit dem Olivenhain. Einverstanden?«

»Aber ja«, stotterte Gianni verwirrt.

»Den Traum deines Lebens«, sagte Albert, »willst du sausenlassen ... für Spaghetti und ... und«, er starrte auf den Tisch »... gefüllte Auberginen.«

»Sie schmecken ausgezeichnet«, sagte Maria gekränkt.

»Das bestreitet ja keiner.«

»Weißt du«, meinte Jasper, »mit Träumen ist das so eine Sache. Man sollte sie nie in Erfüllung gehen lassen. Das wird meistens ein Reinfall.«

»Schon möglich. Ehrlich, ich konnte mir das auch nie so richtig vorstellen: du auf einer Kreuzfahrt. Im Liegestuhl, an der Bar, beim Tanz. Die wenigste Zeit an Land. Alles nur angerissen ... die Pyramiden, Dschungelpaläste, Palmenstrände. Dann die Klimaveränderungen, die ewige Fresserei. Schließlich bist du nicht mehr der Jüngste.«

»Danke, Albert.«

»Jasper, versteh mich richtig. Ich hab vorher nie was gesagt – dein Spiel immer mitgespielt.«

»Das ist wahr.«

»Trotzdem dachte ich oft, wozu muß er überhaupt weg. Seine Abenteuer spielen sich im Kopf ab – egal wo er ist. Hab ich nicht recht?«

Jasper war mit der Vorspeise fertig und ließ sich von Gianni den Teller mit dem Hauptgericht füllen.

»Cappone alla siciliana«, sagte Gianni und goß schwungvoll aus einem Kännchen die dunkle, nach Marsala duftende Sauce über das mit Gewürzkräutern geschmorte Hähnchen.

»Unglaublich zart und geschmackvoll, probier mal, Albert«, sagte Jasper, »du läßt ja alles kalt werden.«

Albert schob seinen Teller weg und stützte den Kopf in beide Hände. »Ich kenne mich zufällig ein bißchen aus«, sagte er, »du kommst nicht mehr raus, mein Junge.«

»Wo raus?«

»Aus deinem Vertrag. Die Reisebedingungen ... begreif doch. Du kannst nicht acht Tage vorher plötzlich abspringen. Es sei denn, du wirst schwer krank. Noch besser, du stirbst.«

»So weit möchte ich eigentlich nicht gehen.«

»Dann hast du keine Chance. Zahlen mußt du.« Er wurde mißtrauisch. »Du hast doch schon alles bezahlt, oder?«

»Keinen Pfennig.«

»Was?«

»Keinen Pfennig«, wiederholte Jasper zufrieden. »Nicht mal die Anzahlung. Siehst du, ich hatte das Geld, ließ mir die Prospekte schicken und eine Reise zusammenstellen. Die Reise meiner Träume, Indien, die Südsee, Australien. Bis Alaska wäre ich gekommen. Alles ganz wunderbar. Jeder wünschte mir Glück... du warst begeistert... was hätte ich machen sollen, Albert, als ich plötzlich Angst bekam und nicht mehr wollte. Vor allen als Trottel dastehen, der das Maul zu voll genommen hat? Mühsam erklären, daß mir die wunderschönen, braungebrannten Vorzeigemenschen aus den Prospekten, im Gedanken daran, daß ich mit sowas drei Monate leben soll, eine Gänsehaut über den Rücken jagten? Daß ich fürchtete, auf ausgetrampelten Touristenpfaden von einer Sehenswürdigkeit zur anderen gehetzt zu werden, mir die Darbietungen dressierter Ureinwohner ansehen zu müssen, die nicht mehr Originalität zu bieten haben als irgendwelche Bayern in Lederhosen, die einen Schuhplattler herunterstampfen? Also, um die Wahrheit zu sagen – ich hab mich erst gar nicht angemeldet, aber ich habe es auch nicht geschafft zuzugeben... na ja. Wie du weißt, lief das Geschäft so gut wie nie. Jeder wußte irgendwas, gab mir Ratschläge. Ein Typ von der Zeitung war da... und manchmal, vor allem mit dir zusammen, war ich in dem Glauben, ich würde wirklich fahren. Ich hätte mich sogar beinahe impfen lassen. Verstehst du, der Traum war noch da, nur der Realität – der war ich nicht gewachsen.«

»Und wo wärst du nächste Woche hin? Für drei Monate?«

»Zu meiner Schwester aufs Land. Sie ist eine sehr verschwiegene Person.«

Albert begann zu lachen. Er lachte, bis er nicht mehr konnte und mit gekrümmtem Rücken über dem Tisch lag, so erschöpft, daß Gianni erst wieder mit der flachen Hand Leben in ihn hineinklopfen mußte. Albert hustete, wischte sich die Tränen aus den Augen und fing an zu essen.

Maria stellte Jasper den Nachtisch hin. »Sie können also kaufen, Signor?«

»Ja. Das Geld liegt rund und schön auf der Bank. Ruf den Notar an und mach einen Termin aus.«

»O Madonna«, rief Maria noch einmal. Sie warf ihr kariertes Tuch weg, packte den erstaunten Jasper an beiden Ohren, drehte sein Gesicht zu sich und küßte ihn so heftig, daß er sich verschluckte. »Ich bring dir Fotos«, sagte sie, »von dem Haus und den Bäumen. Und irgendwann wirst du mit Signor Albert hinfahren. Es ist immer warm dort, und es kommt ein Wind vom Meer, der macht, daß die Luft schmeckt wie...«

»Orangenblüten?«

»Vielleicht«, sagte sie nachgiebig.

An diesem Mittwochabend saßen sie länger beisammen als sonst, und nach der zweiten Flasche bat Jasper Albert, im Hinterzimmer eine seiner Platten aufzulegen. Manchmal war Jasper sich nicht sicher, ob das das Glück war, wenige Momente, in denen alles paßte, in denen er sich selbst vergaß und doch nie mehr er selbst war. Es war Bessie Smiths Stimme, die jetzt erklang, und sie vibrierte dunkel, war weich wie eine streichelnde Hand, versank in der Tiefe und wurde dann wieder so leuchtend und stark, daß ihn schauderte. Albert war zurückgekehrt und sah ihn über den Tisch mit den nun fast heruntergebrannten Kerzen fragend an. »Na?« sagte er mit schon schwerer Zunge.

»Na?« fragte Jasper zurück, und Bessie Smiths Stimme hob ihn hoch und trug ihn weg, über die Alpen und das neblige Mailand, die Romagna und

Umbrien bis nach Apulien, wo sie ihn sanft niederlegte, vor einer Villa inmitten eines Hains von Olivenbäumen, durch die der Wind vom Meer wehte.

7

Was Marilus Abendessen anging, so war es auf seine Art mindestens ebenso merkwürdig. Den ganzen Tag war sie in dem Kaufhaus herumgestrichen, hatte sich alles angesehen, ein paar der nicht sehr kleidsamen Röcke und Pullover anprobiert, um zwischendurch immer wieder mal im Büro aufzukreuzen, wo sie Frau Zittel klarmachte, daß sie dabei sei, sich zu Tode zu langweilen.

»Nur noch ein paar Stunden, mein Herz«, sagte Frau Zittel, »such dir unten was aus, es geht alles auf meine Rechnung.«

»Ist ja doch nur Schrott.«

Frau Zittel drehte die Augen nach oben. »Dann lies doch was. Im Schrank sind Bücher.«

»Keine Lust. Warum kann ich nicht rübergehen und nach Gilbert schauen.«

»Weil ich es nicht will«, kreischte Frau Zittel, um dann, etwas ruhiger, fortzufahren, »jedenfalls heute noch nicht. Morgen, morgen sollst du dich sogar um Gilbert kümmern. Aber heute noch nicht.«

Das war zu dunkel für Marilu. Also rollte sie sich auf dem Sofa im Büro zusammen und versuchte zu schlafen. Zwischendurch nahm sie halbbenommen wahr, wie ein Vertreter von Frau Zittel fertiggemacht wurde und eine Verkäuferin, die einen Tag frei haben wollte, eine Abfuhr erhielt. Bei der würde ich auch nicht bleiben, dachte Marilu, wetten, daß ihre Tochter wirklich nur abgehauen ist – auch wenn sie es abstreitet. Komisch, daß manche Leute lieber jemanden tot sehen möchten, als zuzugeben, daß sie verlassen worden sind. Sie dämmerte wieder ein und fuhr erschrocken hoch, als Frau Zittel sie an der Schulter rüttelte. »Wir können, Herzchen«, sagte sie. Sorgfältig verschloß sie die Tür zum Büro, kontrollierte noch einmal die Alarmanlage für das Kaufhaus und stieg dann mit Marilu ein Stockwerk höher. Vor einer schweren Eichentür hielt sie pustend inne und kramte einen Schlüssel heraus. »Noch was«, meinte sie dabei, »geh bitte nicht ins Wohnzimmer, bis ich es dir sage. Ich habe meine Gründe.«

»Schon gut. Ich hatte nicht vor, in Ihrer Wohnung herumzurennen. Ich werde Ihnen ein paar Tage behilflich sein, und damit hat es sich.«

»Behilflich sein, o ja«, kicherte Frau Zittel, während sie den Schlüssel im Schloß umdrehte, »das wirst du, und mehr als du denkst.«

Die Wohnung entpuppte sich als die Fortführung des untenliegenden Büros. Massiv und düster war die Flurgarderobe, für Generationen gezimmert, wie aus Stein gehauen wirkten die Vorhänge, nur schwaches Licht gaben die Lampen, als wäre es besser, die monströsen Bilder, den ganzen schwülstigen Nippes, die mit Mustern überladenen Tapeten im Verborgenen zu halten. Eine Ausnahme schien das Jungmädchenzimmer zu sein, in das Frau Zittel Marilu jetzt führte. Es ging nicht auf den Platz hinaus, sondern gab den Blick auf einen kleinen Park frei, in dem Laternen brannten. Weißer Schleiflack und geblümte Stoffe, ein Interieur wie um die Jahrhundertwende, gaben dem Zimmer etwas Verspieltes, trotzdem schüttelte Marilu den Kopf, als sie sich umsah. Hier mußte man ja ersticken.

»Hübsch, nicht wahr?« fragte Frau Zittel und zog die Vorhänge zu. »Dein Koffer ist schon da, aber ich möchte dich bitten ...« sie legte die verbundene Hand auf ihren Busen und atmete tief durch, »ich möchte, daß du Lissies Sachen anziehst und dich wie sie frisierst, siehst du, so.«

Sie holte ein mit einem schwarzen Band umschlungenes gerahmtes Foto von der Spiegelkommode und hielt es Marilu hin. »Sie trug ihr Haar meistens zusammengebunden – mit einer Schleife hinten.« Geradezu hektisch zog sie jetzt Schubladen auf, öffnete den Schrank und warf verschiedene Sachen aufs Bett. »Am liebsten hatte sie diesen Pullover... jadegrün... er ist nicht aus unserem Sortiment. Und Ohrringe, je verrückter, desto lieber, Lippenstift und Puder.«

»Ich mach mir nichts aus Schminke«, sagte Marilu und schob die Unterlippe vor. Schien ein kleines Flittchen gewesen zu sein – diese Lissie. Ausgesprochen affig. Sie bugsierte einen der Stökkelschuhe, die Frau Zittel ihr zum Anprobieren hingestellt hatte, mit einem Tritt unters Bett.

»So nicht, meine Liebe«, sagte Frau Zittel scharf, »ich kann deine Töle noch immer zurückpfeifen und ins Jenseits befördern lassen. Jetzt tu mir schon den Gefallen und gib mir für die nächsten Tage meine Tochter zurück. In einer halben Stunde essen wir zu Abend. Das Bad ist über den Flur. Ich ruf dich, wenn ich fertig bin.« Sie rauschte hinaus und knallte die Tür zu.

Das Foto in der Hand sank Marilu erst einmal aufs Bett und betrachtete das junge hungrige Gesicht, das ihr da entgegensah. Viel Ähnlichkeit konnte sie nicht entdecken, die Nase vielleicht... die Haare, wenn sie entsprechend zurechtgemacht waren. Nun, die Alte sollte ihren Spaß haben. Sie ging ins Bad, duschte, kehrte ins Zimmer zurück und setzte sich vor den Spiegel. Sie glaubte, das spöttische Gesicht ihres Vaters hinter ihrer Schulter zu entdecken und lächelte ihm abbittend zu. Es ist ja nur ein Spiel, sagte sie zu ihm, während sie ihre Lippen anmalte und die Wimpern tuschte, ich weiß, daß du mich so nicht magst, und Mutter mag es auch nicht, und Rubber am allerwenigsten. Aber für Rubber mach ich es schließlich, und ich kann nur hoffen, daß er sich an ihrem Finger nicht vergiftet hat. Sie nebelte sich mit einem von Lissies Duftwässerchen ein, und da sie von Frau Zittel außer Tellerklappern und geschäftigem Hin- und Hergehen noch nichts hörte, begann sie in den Schubladen zu kramen. Alles war erschreckend aufgeräumt. Gut, im Internat mußte sie auch Ordnung halten, aber zu Hause hatte sich ihr Zimmer innerhalb der kurzen Zeit, die sie es bezogen hatte, in eine chaotische Höhle verwandelt. Kleider, Bücher, gebrauchtes Geschirr, alles stapelte sich in wirrem Durcheinander um ihr Matratzenlager, und sie hatte ihrer Mutter streng untersagt, aufzuräumen oder sauberzumachen. Darf ich wenigstens den Ratten ab und zu etwas Sonnenlicht hineinlassen – hatte Nora geklagt – den Rolladen hochziehen, lüften? Aber schließlich schien sie verstanden zu haben, wie sehr Marilu das im Moment brauchte. Sie hatte aufgegeben, und so war das Zimmer ganz Marilus persönlicher Bereich geblieben, gesättigt von ihrem Geruch und nur von ihrem.

Mit den Fingern streifte sie etwas, das mit Klebeband von unten an einer der Schubladen befestigt war. Sie löste den Fund vorsichtig ab und hielt ein schmales Heft in der Hand. Ein Tagebuch? Und Frau Zittel hatte es nicht entdeckt – oder doch? Fast jede Eintragung handelte von Gilbert, immer und immer wieder Gilbert, in den diese Lissie anscheinend hoffnungslos verliebt war, ohne von ihm auch nur das geringste Zeichen von Zuneigung zu erhalten. Er ist wie eine Puppe, klagte sie einmal, man kann ihn drücken und streicheln, aber er reagiert nicht. Man kann mit ihm tanzen und ihn küssen, man kann ihn an der Hand überall hinführen, aber sobald man ihn losläßt, geht er weg. Trotzdem, ich schaffe es, ich werde Gilbert aus seinem Dornröschenschlaf erwecken. Liebe kann alles ...

Arme Lissie. Marilu ließ das Heft sinken und betrachtete nun das Foto weit weniger streng als noch vor einer halben Stunde. Eingesperrt in dieser muffigen Wohnung, in diesem völlig unzeitgemäßen Zimmer, hatte sich Lissie ausgerechnet jemanden gesucht, der noch weniger frei war als sie, jemanden, der schon bei seinem Körper auf Grenzen stieß, der Augen und Ohren hatte, sie aber nicht benutzte, um die Welt hereinzulassen, einer, der wie eine Tanzmaus immer nur das Gleiche tun konnte, sich in einem winzigen Kreis drehen, dessen Mitte immer nur er selbst war.

»Fertig, Herzchen«, rief eine Stimme vom Flur. Marilu schob das Heft unter das Kopfkissen und erhob sich. Der grüne Pullover war ein bißchen zu eng für sie, aber sonst kam sie wohl Lissies Bild ziemlich entgegen. Sie stakte auf den ihr ungewohnten Schuhen in den Flur hinaus und wandte sich in Richtung auf das inzwischen hellbeleuchtete Wohnzimmer, wo Frau Zittel sie an der Tür erwartete. »Wunderbar«, flüsterte sie, als sie Marilu sah, »das hast du gut gemacht. Komm rein.«

Der Tisch war reichlich gedeckt, es gab kalten Braten, Salate, Obst und Käse – neben einem Leuchter mit brennenden Kerzen stand eine Karaffe Rotwein. Die Vorhänge an dem großen Fenster waren weit zurückgezogen, so daß Marilu auf der anderen Seite des Platzes in ein Spiegelbild zu blicken glaubte. Denn dort gab es in derselben Höhe wie hier, über dem Büro gelegen, ein fast identisch eingerichtetes Zimmer, bis zum letzten Winkel ausgeleuchtet, mit einem ebenso gedeckten Tisch und zwei Personen daran, von denen die eine jetzt, als Marilu auftauchte, in der Bewegung zu erstarren schien. Es war Herr Taube – er war gerade dabei gewesen, sich in seinen Stuhl fallen zu lassen, um mit Gilbert, der schon am Tisch saß, wie auf Verabredung mit der Frau gegenüber das Essen zu beginnen.

»Wirf den Kopf zurück«, flüsterte Frau Zittel, »zeig ihm dein Profil. Das macht ihn fertig.«

»Warum?« fragte Marilu. Sie hatte Hunger. Nachdem sie Herrn Taube vorschriftsgemäß ihr Profil gezeigt hatte, setzte sie sich und holte sich nach einem fragenden Blick auf Frau Zittel etwas von dem Braten.

»Iß Kind«, sagte sie, kam jetzt auch zum Tisch und nahm ihren Platz ein, »das war erst der Anfang. Ich wette, heute nacht schläft er schlecht.«

»Und das möchten Sie?«

Darauf gab sie keine Antwort, griff nur schnaubend nach der Karaffe, goß ihnen beiden von dem Wein ein, hob das Glas und prostete Marilu zu. Drüben geschah das Gleiche. Herr Taube schien sich etwas erholt zu haben, während Gilbert überhaupt nichts bemerkt hatte, in sich versunken aß und trank er, ohne auch nur einmal den Blick zu heben – und Marilu fragte sich, wie dieser Koloß von einem Vater an solch einen Sohn gekommen war.

»Wann ist Gilberts Mutter gestorben?« fragte sie.

Frau Zittel fuhr zusammen. Mit ihren Gedanken ganz woanders, versuchte sie sich auf Marilus Frage zu konzentrieren und lächelte dünn. »Das ist schon lange her«, sagte sie knapp.

»Und Ihr Mann – Lissies Vater?«

»Ist auch schon ein paar Jahre her.«

Das klang nicht sehr bedauernd, und so gab Marilu ihre Fragerei auf, schnitt sich ein Stück von dem Käse ab und legte es auf ihren Teller. Frau Zittel schob ihr die Schale mit den Trauben hin. »Entschuldige, daß ich dich so schlecht unterhalte«, sagte sie dabei. »Ich bin müde. Wir gehen bald schlafen, ja? Und morgen wirst du Gilbert besuchen und mit ihm durch die Stadt laufen. Lissie ist oft mit ihm weggegangen.«

Ich weiß – hätte Marilu beinahe gesagt, aber sie schwieg noch rechtzeitig. Plötzlich fühlte sie sich schutzlos und ausgeliefert in dieser Maskerade, die ihr keinen Spaß mehr machte. Von dem Mann auf der anderen Seite des Platzes ging etwas Bedrohliches aus, körperlich spürbar, sogar auf diese Entfernung, und wenn Frau Zittel ihm gewachsen war, sie war es nicht – vielleicht so wenig wie

Lissie. Möglich, daß sie doch der seltsamen Haßliebe zwischen diesen beiden zum Opfer gefallen war. Irgend etwas war krank und widerwärtig an dieser gegenseitigen Zurschaustellung.

Sie riß sich das Band herunter und schüttelte ihr Haar, bis es wieder in der ihr vertrauten Fülle um den Kopf fiel. Mit der Serviette rieb sie Schminke und Lippenstift ab, stand auf und schleuderte die hochhackigen Schuhe in eine Ecke.

»Dir ist dein Hund wohl doch egal«, sagte Frau Zittel und streckte ihr anklagend die verbundene Hand hin.

»Grrr«, machte Marilu, wie Rubber es getan hätte, »... grrr ...«, schnappte mit den Zähnen nach dem Verband, zerrte daran, bis er sich löste, und lachte triumphierend, als der völlig unversehrte Finger zum Vorschein kam.

8

Eigentlich habe ich Frau Zittel erst auf diese Idee gebracht«, erklärte sie stolz, während sie auf dem Hocker in Alberts Atelier saß und Nußhörnchen aus einer Tüte knabberte. »Mögen Sie?« fragte sie und hielt ihm auffordernd das Gebäck hin.

»Heute nicht, Rosi, danke.«

Sie streifte ihn mit einem kritischen Blick. »Hatten Sie Ihr Essen gestern abend?«

»Ja.«

»Dann wunderts mich nicht, daß Sie keinen Hunger haben.«

Der Regen hatte aufgehört, aber durch die diesigen Scheiben konnte man graue Nebelwolken über den Tannen hängen sehen. Sie knüllte die leere Tüte zusammen und warf sie gegen eines von Alberts fertigen Meisterwerken, das er auf eine Staffelei gestellt hatte, damit es besser trocknen konnte.

»Aber, aber«, machte er.

»Sie sind ein Langweiler«, erklärte sie, »schade, daß Gilbert nicht da ist.«

»Langweiliger als Gilbert?«

»Ja«, sagte sie verdrossen. Frau Zittel hatte ihr diesen Vormittag freigegeben – als Entgelt sozusagen – und so war sie zum Gutshaus hinausgewandert, um ihre Tante zu besuchen. Aber Magda war nicht da, irgendwo in Sachen Liebe unterwegs, und so war sie bei Albert eingefallen, mager und geschwätzig, ununterbrochen mit den Beinen baumelnd, die in schwarzen durchsichtigen Strümpfen steckten.

»Ich blicke immer noch nicht ganz dahinter, Rosi«, meinte Albert. »Der Hund, das Mädchen – was soll das ganze Theater?« Heute arbeitete er an einem großen Auerhahn, der die Scheibe bis fast zum Rand ausfüllte. Die Zunge zwischen den Zähnen, pinselte er mit feinen Strichen an dem bunten Federkleid und stellte ohne Bedauern fest, daß ihm der gestrige Abend bei Jasper doch noch gewaltig in den Knochen steckte. »Ich habe es eigentlich nur Gilberts wegen getan«, sagte sie, »vielleicht begreift sie dann endlich, daß er es nicht war. Sie glaubt doch, sie erzählt doch überall herum ...«

»Ich weiß.«

»Er soll Lissie auf dem Gewissen haben. Ausgerechnet Gilbert.«

»Warum eigentlich nicht?«

Sie zog verblüfft die Luft ein. »Ist das Ihr Ernst? Und selbst wenn ihr bei Gilbert etwas zugestoßen wäre, ein Unglück oder so was, er wäre doch niemals fähig, sowas zu vertuschen.«

»Sag das nicht, Rosi, sag das nicht«, meinte Albert geheimnisvoll. »Dieses Gebäude hier ist riesig und sozusagen unerforscht. Keiner von uns war schon überall – außer Gilbert. Er kennt jeden Winkel, und was gibt es da verborgene Kammern, Wandschränke, Geheimtüren. Er mußte sie nur einfach irgendwo liegenlassen.«

»Sie spinnen ja. Leichen fangen an zu riechen.«

Albert verzog keine Miene. »Nachts«, fuhr er fort, »sehen wir manchmal ein zuckendes Licht hinter einem der Fenster... wo keiner sich sonst aufhält... keiner wohnt, und wenn wir den Raum dann bei Tag aufsuchen, ist dort nichts, rein gar nichts – außer abgebröckeltem Mörtel und kalter Luft.«

»Iiiih...«, machte Rosi.

»Es ist also alles möglich.« Er gab einer der Schwanzfedern einen eleganten Schwung und betrachtete sein Werk mit Genugtuung. »Nun, um beim Thema zu bleiben, du unterstützt Frau Zittel bei ihren makabren Einfällen nur Gilberts wegen?«

»Ja. Und dann dachte ich, sie gibt mir was.

Nicht nur einen freien Vormittag. Ich hab es sicher nicht wegen Lissie gemacht. Ich mochte sie nicht, und diese Marilu mag ich auch nicht.«

»Der Grund?«

»Sie ist ein eingebildetes verwöhntes Ding. Hat sich schrecklich mit ihrem Hund – als wäre er ein Mensch.«

»Oh, Rosi, mach uns mal einen Kaffee. Und gewöhn dir an, nicht jedes Mädchen zu hassen, das hübscher ist als du.«

Sie wurde rot. »Das stimmt doch überhaupt nicht. Außerdem gibt es Leute, die mich hübsch finden.«

»So, wer denn?«

»Das verrate ich nicht. Und Kaffee mache ich Ihnen heute auch nicht.« Sie sprang so hastig vom Hocker, daß sie dabei einen Farbtopf umstieß und ihre Bluse bekleckerte. Wütend rieb sie mit einem Lappen an dem roten Fleck herum.

»Gib dir keine Mühe«, meinte Albert, »diese Farbe ist sogar wetterfest. Kauf dir eine neue Bluse, oder laß dir eine kaufen. Von deinem Verehrer.« Lachend blickte er ihr nach, als sie beleidigt, die Jacke über die Schulter geworfen, hinausstolzierte.

Nachdem sie Magda immer noch nicht angetroffen hatte, verweilte Rosi einige Minuten im

Treppenhaus, blickte die Stufen hinauf, lauschte, ob irgend etwas zu hören war, und eilte schließlich, als sie außer dem fortwährenden leisen Knistern und Nagen, das diesem alten Gebäude eigen war, nichts vernehmen konnte, durch die Schwingtür hinaus in die frische feuchte Luft, die sie frösteln ließ. Sie schlüpfte in ihre Jacke und sah auf die Uhr. Was sollte sie jetzt machen? Zurück in die Stadt... Gilbert suchen? Oder sollte sie Alberts Rat befolgen und sich einen Zuschuß zu einer neuen Bluse holen? Sie war zwar erst vor wenigen Tagen dort gewesen, aber diesmal hatte sie auch Neuigkeiten. Sie schlug den Kragen hoch und machte sich beschwingt auf den Weg.

»Da kommt sie ja schon wieder«, sagte eine von Herrn Taubes Verkäuferinnen, trat schnell ihre Zigarette aus, veranlaßte ihre Kollegin das Gleiche zu tun und zerrte sie zurück in den Keller, wo die Waren lagerten, die oben keinen Platz mehr gefunden hatten. Da ihnen Rauchen streng verboten war, gingen sie manchmal, unter dem Vorwand, etwas aus dem Lager holen zu müssen, hier herunter und saugten in ein paar gierigen Zügen eine Zigarette in sich hinein. Niemand konnte sie unter normalen Umständen hier erwischen. Diese Hintertür ging auf einen öden gepflasterten Hof, der von einer hohen Mauer umgeben war. Alte Kartons stapelten sich unter einem Wellblechdach, in einer Ecke rostete ein ausrangierter Lieferwagen vor sich hin, sonst gab es nur Mülltonnen und einen von Abfällen überquellenden Container, daneben die Rampe, die schräg in den Hof herunterführte, und die nur von den Lieferanten benutzt wurde. Jetzt aber kam Rosi die Rampe entlang, die Hände in die Taschen ihrer Jacke gesteckt und wie die Verkäuferinnen darauf bedacht, von niemandem gesehen zu werden. Sie schlüpfte durch die nur angelehnte Tür in den Lagerraum, der inzwischen verlassen war, ging durch die langen Reihen der Regale und erreichte schließlich ganz hinten neben einem Tisch, der zum Auspacken und Auszeichnen der Waren diente, das Haustelefon. Sie nahm den Hörer ab und drückte auf einen Knopf.

»Ja«, sagte eine schnarrende Stimme.

»Sind Sie allein?« fragte Rosi.

Ein Zögern... dann: »Du bist es. Gut, ich komme.«

Rosi legte auf und besah sich in dem halbblinden Spiegel über einem Waschbecken. Sie biß sich auf die Lippen, daß sie sich röteten und fuhr sich mit den angefeuchteten Fingerspitzen durchs Haar. Schließlich zupfte sie an ihrem Rock, setzte sich schräg auf den Tisch, stützte sich – leicht zurückgelehnt – mit einem Arm hinten auf und schlug die Beine übereinander, daß ihre mageren Schenkel sichtbar wurden.

9

Mit einem langen scharfen Messer brachte Gianni dem Fleisch einen Schnitt bei und legte in die so entstandene Vertiefung ein zusammengerolltes Stück Speck und ein Zweiglein Rosmarin. Er strich den vorbereiteten Braten mit Öl ein, streute Salz und Pfeffer darüber und hob ihn dann behutsam in die Pfanne, in der bereits drei Knoblauchzehen bräunten. Ein wunderbarer Duft verbreitete sich, und Maria, die draußen im Gastraum trällernd die Stühle auf die Tische gestellt hatte, um den Boden aufzuwischen, stieß die Tür zur Küche auf und schnupperte. Er warf ihr eine Kußhand zu und entkorkte den Weißwein, mit dem er in einer Minute den Bratenfond aufgießen mußte. Draußen klopfte jemand an die geschlossene Eingangstür.

»Ich komme«, sang Maria. Sie strich sich die Schürze glatt, öffnete und blickte erstaunt auf Gilbert, dem aus einer Wunde über der Schläfe Blut tropfte.

»Lassen Sie uns bitte rein«, sagte Marilu, die

hinter ihm stand und die auch geklopft hatte, »und schließen Sie wieder ab.« Sie schob Gilbert vor sich her, nahm einen Stuhl von einem der Tische, drückte ihn darauf nieder und drehte seinen Kopf zum Licht. »Ein nasses Handtuch, bitte«, sagte sie zu Gianni, der aus der Küche gekommen war, »wir gehen auch gleich wieder.«

»Das ist nicht nötig«, sagte Gianni, »ihr könnt hierbleiben. Trotzdem werde ich bei Signor Jasper anrufen, er kennt sich mit Gilbert am besten aus.«

»Tun Sie das«, sagte Marilu. Sie hielt Gilberts Gesicht zwischen ihren Händen und versuchte zu erkennen, wie tief der Riß war, aber das immer wieder hervorquellende Blut ließ keine Rückschlüsse zu.

»Ein Arzt?« fragte Maria ängstlich.

»Ich glaube nicht«, meinte Marilu, die von Gianni das angefeuchtete Handtuch bekommen hatte und jetzt vorsichtig Gilberts Gesicht reinigte, bevor sie das Tuch auf die Wunde preßte. »Es war ein Stein«, erklärte sie dabei, »sehr gut gezielt, und ich denke, das war es, was die alte Hexe wollte. Anheizen, was schon am Erlöschen war.«

»Der Mord«, flüsterte Maria und schlug eine Hand vor den Mund.

»Wieso Mord? Es gibt doch keine Leiche, oder?«

»Keine. Aber alle sagen... viele sagen...« Zu

ihrer Erleichterung erschien jetzt Jasper draußen auf dem Gehsteig, versuchte durchs Fenster zu spähen und hämmerte gleich darauf grimmig gegen die Tür. Gianni öffnete ihm und ließ ihn vorbei, aber noch bevor er sich Gilbert ansah, blieb er abrupt stehen und packte Marilu am Arm. »Was soll das?« fragte er und zerrte an der auffallenden, mit Stickereien verzierten Jacke, die sie trug, »jeder Hund hier in der Stadt kennt diesen Frack. Bist du wahnsinnig?«

»Ich weiß, daß ich schuld bin, aber es ging nicht anders. Frau Zittel hat, während ich schlief, meinen Koffer verschwinden lassen – mit all meinen Sachen. Ich mußte anziehen, was da war. Es war schon hingelegt, verstehen Sie? Und ich war so wütend, daß ich das Zeug angezogen habe. Ich wollte nur weg. Auf der Straße habe ich Gilbert getroffen und mitgenommen. Ist mir klar, daß ich das nicht hätte tun sollen ... so mit ihm durch die Stadt laufen. Aber ich wollte nur bei meiner Mutter anrufen, von einer Telefonzelle aus. Niemand hat sich gemeldet, wahrscheinlich machen die beiden jetzt noch acht Tage Urlaub ohne mich. Und dann fiel mir ein, daß meine Mutter gestern bei Ihnen war. Ich dachte, Sie können mir helfen, mir Geld leihen für ein Hotel oder so was. Ich wär ja zu dem Maler, aber das war mir zu weit.«

»Ich verstehe immer noch nichts«, sagte Jasper, »was machst du bei Frau Zittel?«

»Das erkläre ich Ihnen später. Ich war also an Ihrem Laden und klopfte und rief, aber Sie rührten sich nicht. Und dann kam der Stein.«

»Von wem?«

»Aus einer Seitenstraße. Ich hörte Gilbert stöhnen und drehte mich nach ihm um, da war schon niemand mehr zu sehen. Ich habe mich natürlich erst um ihn gekümmert. Aber wo waren Sie?«

»Um ehrlich zu sein«, sagte Jasper, »ich war noch im Bett.«

Er zwinkerte Gianni zu. »Ich hatte bis in die Nacht zu tun. Ist es schlimm?« Er löste das Handtuch von Gilberts Stirn und betrachtete stirnrunzelnd die Wunde. »Das muß geklammert oder genäht werden. Gianni, was riecht da so?«

»Mein Braten.« Gianni rannte in die Küche, und sie hörten ihn husten und die Pfanne vom Herd reißen. Es folgte eine Reihe in italienischer Sprache ausgestoßener Flüche, und dann kehrte er, einen Mantel übergeworfen und die Autoschlüssel in der Hand, zurück. »Ich fahre ihn ins Krankenhaus.«

»Ich fahre mit«, sagte Marilu.

»Nicht so«, sagte Jasper. »Nicht mit Lissies stadtbekannter Jacke. Weißt du, daß diese Jacke in der Zeitung abgebildet war? Daß eine Schaufensterpuppe mit Lissies Maßen sie wochenlang trug – aufgestellt in Frau Zittels Kaufhaus zwischen der Wäsche- und der Haushaltwarenabteilung, mit genau diesen Hosen und Stiefeln?«

»Gräßlich.«

»Ja, irgendwie schon. Es waren die Kleidungsstücke, die Lissie trug, als man sie das letzte Mal sah. Und ihre Mutter hat genau die gleichen wieder besorgt. Es ist immer eine schreckliche Sache, wenn ein Mädchen verschwindet, aber es ist absolut ein Alptraum, wenn es in einer kleinen Stadt geschieht, wo sich sonst nicht viel tut. Alles Gute, Gilbert.« Er begleitete den Jungen und Gianni bis zur Tür und kehrte dann zu Marilu zurück. »Allmählich werde ich wach. Das beste ist, du kommst erst einmal mit zu mir, und dann sehen wir weiter. Ciao, Maria.«

»Ciao, Signor Jasper«, erwiderte sie, »oh, warten Sie.« Sie rannte die Treppe in das obere Stockwerk hinauf und kam mit einem Album zurück. »Hier sind die Bilder, wie versprochen. Bene?«

»Bene«, sagte er lachend, klemmte sich das Album unter den Arm und führte Marilu über den Platz.

Im Laden war es kalt. Auf der Theke standen noch gebrauchtes Geschirr und leere Flaschen, die heruntergebrannten Kerzen hatten das weiße Tischtuch mit Wachs beträufelt. »Sieht nach einer Orgie aus«, meinte er, »ist es aber nicht gewesen. Komm mit nach hinten, ich werde nachher alles wegräumen.«

»Lassen Sie mich das machen«, sagte Marilu, »bitte.«

Zu Hause hätte sie keinen Finger gerührt, aber das hier gefiel ihr.

Sie zog die verhängnisvolle Jacke aus und hängte sie über einen Stuhl, und während Jasper den Ofen ausräumte, die Asche hinaustrug und in Späne gespaltetes Holz einschichtete, sammelte sie das Geschirr ein und trug es in die kleine Küche, die sich an das Hinterzimmer anschloß.

»Dieser Ofen«, erklärte Jasper, »schafft es, drei Räume zu erwärmen. Na ja, zwei nicht so besonders«, schränkte er ein, »aber immerhin. In der Küche und im Laden bin ich ja nicht allzuoft.« Er hockte vor dem Ofen und blies vorsichtig in die zaghaften Flammen, sein graues Haar stand ihm borstig um den Kopf, und Marilu, die immer noch hin- und herging, weil sie erst alles zusammenhaben wollte, bevor sie mit dem Spülen anfing, betrachtete ihn mit einer gewissen Rührung.

»Vorgestern waren Sie sehr schick, mit diesem Nadelstreifenanzug«, sagte sie.

Er blinzelte zu ihr hoch. »Ich hatte ihn für eine Reise gekauft. Er hat dir wohl besser gefallen als das, was ich jetzt anhabe.«

»Nein, eigentlich nicht. Ich wollte damit nur sagen, es paßt beides zu Ihnen.« Sie stellte die Gläser ab, die sie gerade trug und zerrte an ihrem Pullover. »Ich wünschte, ich bekäme Lissies Zeug vom Leib. Ist sie wirklich tot?«

»Das weiß keiner. Ich kann dir, wenn du willst, eine Hose und einen Pullover von mir geben. Schau da drüben in dem Koffer, ob du was Passendes findest.«

Das Telefon klingelte, und er erhob sich und ging in den Laden.

»Ja...« hörte Marilu ihn sagen, »gut. Bring ihn hierher, Gianni, dann sehen wir weiter.«

»Gilbert geht's gut«, berichtete er, als er zurückkam, »es war nur eine Platzwunde. Hast du was gefunden?«

Sie kniete vor dem Koffer, wie Albert gestern abend, und nahm sich schließlich eine Kordhose und einen verfilzten Pullover.

»Meine Lieblingsstücke«, sagte er, »sie werden sehr gut an dir aussehen.« Er ging in die Küche, zog den Vorhang zu, der sie vom Hinterzimmer trennte und ließ Wasser in das Spülbecken einlaufen.

»Ich komme gleich und helfe Ihnen«, rief sie.

»Nicht nötig«, sagte Jasper, »ich bin ein guter Spüler. Es ist eine der wenigen Haushaltsarbeiten, die ich wirklich gern mache – das warme Wasser beruhigt.« Er streute Seifenflocken über das angekrustete Geschirr, und begann es, leise vor sich hinsummend, mit einer Bürste zu bearbeiten. Als das Feuer in dem Ofen ein vernehmbares Knistern von sich gab, füllte er einen Wasserkessel und stellte ihn auf die runde Platte. Marilu saß in seinen Kleidern, die ein bißchen zu groß für sie waren, auf dem Sofa und betrachtete das Album, das Maria ihm gegeben hatte. Die Haare hingen ihr ins Gesicht, und er dachte, wie schön es war, daß er sie hier hatte, mit ihr sprechen und sich um sie kümmern konnte, ohne doch die Verantwortung für sie zu haben. Man kam viel besser miteinander aus, wenn nicht zuviel Sorge und Liebe alles überschatteten. Er konnte so leben, wie er nun mal lebte, weil er allein war, aber er konnte Noras Ängste sehr gut verstehen. Sie mußte aus diesem Chinesen einen Menschen machen, der sich in die Gesellschaft einfügte, sie mußte hinbiegen ohne zu zerbrechen – das schwierigste Geschäft, das er sich denken konnte. Aber das war Noras Problem und nicht seines, und da er Chinesen mochte, war er froh, Marilu noch in diesem Stadium hier zu haben.

»Mensch, ist es da schön«, sagte sie. Sie deutete mit dem Finger auf ein Bild, und er setzte sich neben sie. Gemeinsam blätterten sie das Album durch, und da gab es neben vielen Familienbildern Fotos vom Meer und von einer Stadt mit verwinkelten Straßen...

»Bari«, sagte er.

Bilder von weißgekalkten Häusern mit runden Dächern, und da war sie schließlich, die kleine rosa Villa, und sie war es auch gewesen, die Marilus Entzücken erregt hatte. Er betrachtete das Bild mit versonnenem Blick. »Sie gehört mir.«

»Im Ernst«, rief Marilu, »ist das wirklich wahr?«

»Ich habe sie gestern abend gekauft. Eingetauscht gegen eine Weltreise... sozusagen. Wir müssen nur noch zum Notar. Deshalb hat Maria mir das Album gegeben.«

»Sie haben sie gekauft, ohne sie vorher gesehen zu haben?«

»Ja.«

Im Laden schepperte die Türglocke, und Gianni erschien im Hinterzimmer, gefolgt von Gilbert, der einen Verband um den Kopf trug.

»Er ist ein wenig kaputt«, erklärte Gianni. »Es ist genäht, und ich denke, die Spritze wirkt nicht mehr lange. Dann wird es sicher weh tun. Hier sind zwei Tabletten, die haben sie mir mitgegeben.«

Sie räumten das Sofa und legten Gilbert darauf, deckten ihn zu und legten ihm ein Kissen unter den Kopf. Marilu kauerte sich neben ihn. »Ist das nicht komisch, Gilbert«, sagte sie, während sie vorsichtig ein paar seiner Haarsträhnen, die sich unter dem Mull verfangen hatten, frei zupfte, »daß ich das Gefühl habe, du bist im Moment der einzige, zu dem ich gehöre.«

»Ich mach uns mal Frühstück«, sagte Jasper. Er nahm den Kessel vom Ofen und verzog sich in die Küche, während Gianni sich durch den Laden davonmachte. Marilu legte ihren Kopf auf das Kissen, so dicht neben Gilbert, daß ihr Mund beinahe sein Ohr berührte. »Deine Mutter lebt nicht mehr«, sagte sie, »und meine Mutter hat sich von meinem Vater getrennt. Soll ich es dir erzählen?« Und Gilbert, der nie widersprach, sagte auch jetzt nichts. In der Küche klapperte Jasper mit dem Geschirr, während es allmählich nach frischaufgebrühtem Kaffee zu duften begann. Weiter weg, in einem Hinterhof, klopfte jemand einen Teppich aus. Es klang wie fernes Trommeln, sanft und beruhigend, und so war auch Marilus Stimme. »Meine Mutter«, begann sie, »war ein berühmtes

Medium, und mein Vater war ihr Agent. Sie kamen überall in der Welt herum, letzten Sommer aber fuhren sie nach England ...«

10

Eintönig erschien Nora diese Fahrt in den Norden. Grau war der Himmel über England, und so wanderte sie verdrossen in dem vollbesetzten Zug hin und her, holte Tee und Sandwiches, versuchte zwischendurch zu schlafen, wachte aber immer wieder auf und blinzelte durch halbgeschlossene Lider zu Luis hinüber, bis er endlich seine Zeitung sinken ließ und sich ihr zuwandte. »Langweilig?« fragte er.

»Ja.«

»Es dauert nicht mehr lange. Bald kommt Newcastle und dann ist es nicht mehr weit bis Berwick.«

»Warum sind wir nicht geflogen, Luis? Warum diese ganze ermüdende Prozedur? Die Fähre, das billige Hotel in London und jetzt diese endlose Bahnfahrt?«

»Ich vollziehe nur etwas nach. Sie hatten gegen Ende ihres Abenteuers nicht mehr viel Geld.«

Sie lehnte sich zurück und faltete ihre Hände ineinander. »Erzähl mir von ihnen«, bat sie.

»Ein Mann sucht seine Frau.«

»Mal wieder.«

»Ja, und trotzdem ist diese Geschichte ganz anders und irgendwie merkwürdig. Sie ist ihm mit einem jungen Liebhaber durchgegangen. Hat ihr Konto geräumt und sich abgesetzt.«

»Was ist daran so anders?«

»Hör mir doch zu. Die beiden verbrachten den Winter in Italien, das Frühjahr in Frankreich. Als es Sommer wurde, setzten sie nach England über. Ein paar Tage London...«

»In diesem miesen kleinen Hotel.«

»Ja. Dann ein paar Tage Berwick. Er ist Maler und wollte weg vom Meer, also fuhren sie ins Landesinnere Richtung Schottland – wo sie schließlich verschwunden ist. In seiner Verzweiflung wandte sich der Liebhaber an den Ehemann, und der kam zu mir.«

»Wie ist sie, Luis? Jung, schön?«

»Ihr Mann hat sie mir beschrieben. Eine Art Kindweib, trotzdem nicht mehr jung. Rothaarig – eine Künstlerin wie ihr Freund, im Gegensatz zu ihrem Mann erfolglos, dafür aber anscheinend entschieden erfolgreicher, was die Gestaltung ihres Lebens anging. Sie gab sein Geld mit vollen Händen aus, und er tolerierte alles – bis zu jenem Abend im Herbst.«

»Was war da?«

»Nun – er kam nach einem langen und anstrengenden Tag müde und ausgelaugt nach Hause und geriet in eine Herbstlaubparty, die sie arrangiert hatte.«

»Herbstlaubparty?«

»Sie hatte die gesamte Wohnung bis zu einem halben Meter hoch mit welken Blättern gefüllt. Und da hüpften sie nun raschelnd herum – sie und ihre Freunde, angeheitert und glücklich wie Kinder.«

»Und?«

»Er hat sie angeschrien, daß die Wände wackelten, und hat sie und die ganze Bande vor die Tür gesetzt. Natürlich hat er nicht damit gerechnet, daß sie wirklich fortbleibt. Und jetzt quält er sich, kann nicht mehr schlafen. Er will sie wiederhaben, tot oder lebendig. Im ersten Fall, um sie zu begraben ...«

»Und im zweiten?«

»Um ihr endgültig und völlig korrekt den Laufpaß zu geben. Sagt er.«

Sie hatten Newcastle hinter sich gelassen, und nun erblickte Nora rechterhand zum erstenmal das Meer, nichts weiter als ein mit einem Silbergriffel gezogener hauchdünner Strich zwischen zwei Dünen. »Und dann, Luis?« sagte sie.

»Dann? Nun ja. Er hat nichts mehr von den beiden gehört, bis der junge Mann bei ihm auftauchte, um ihm mitzuteilen, daß er sie verloren habe. Sie ist ihm regelrecht abhanden gekommen, in einem Haus, das *Glitzernde Steine* heißt.«

»Glitzernde Steine«, wiederholte Nora verträumt.

»Ja. Fast alle Häuser dort haben Namen. Es war unbewohnt, und sie wollte es sich ansehen, also stemmte er ihr die Tür auf. Es war eingerichtet, als wären die Bewohner gerade gegangen, hat er erzählt. Sie war wie verzaubert, ging in der Abenddämmerung umher, strich über Möbel und Vorhänge, lehnte sich an den Kamin und rückte die Stühle zurecht. Als wäre sie schon immer dort gewesen. Als habe sie ein Déjà-vu gehabt.«

»Erinnerung an ein früher gelebtes Leben?«

»So ungefähr. Er setzte sich auf das Sofa vor dem Kamin, und sie ging nach oben, wo sich die Schlafzimmer befanden. Er hörte ihre Schritte auf dem Holzboden und das Knarren einer Schranktür. Und dann nichts mehr. Er dachte, sie habe sich auf eines der Betten gelegt und sei vielleicht eingeschlafen. Er wartete eine Zeitlang und rief nach ihr. Und dann ging er nachsehen.«

»Und?«

»Nichts. Sie war nicht da – einfach weg. Wenn

sie aus dem Haus gegangen wäre, hätte sie unten an ihm vorbeikommen müssen. Die Fenster waren verschlossen und innen verriegelt. Und draußen wurde es dunkel. Panik überfiel ihn. Er raste die Treppe hinunter und aus dem Haus, rannte über die Koppel, überquerte ein paar Zäune und kam schließlich völlig erschöpft bei dem alten Pfarrerehepaar an, wo sie die letzten Tage verbracht hatten. Dort war sie auch nicht, wie er in seiner Verzweiflung gehofft hatte. Man stellte einen Suchtrupp zusammen und forschte nach ihr.«

»Ohne Erfolg.«

»Ohne Erfolg. Aber jetzt kommst ja du. Oh, wir sind in Berwick.«

Ein kalter Wind blies den Bahnsteig entlang, den ein alter Mann, der eine Schürze umgebunden hatte, mit einem Reisigbesen fegte. Möwen kreischten und zogen ihre Kreise über den grauen Dächern. Es roch nach Meer, nach Tang und Fisch, und Nora, die mit Luis das einzige Taxi, das vor dem Bahnhof wartete, bestiegen hatte, versuchte sich die beiden vorzustellen. Verliebt, wenn auch sicher nicht mehr so wie am Anfang, aber immer noch bereit, beisammen zu bleiben. Sie fuhren durch die Stadt und dann ein Stück am

Meer entlang zu einem kleinen Hotel, das direkt am Strand lag. Rosen wuchsen die Auffahrt entlang, gebeugt vom Seewind, aber in wilden und kräftigen Farben, als habe der Widerstand sie nur noch schöner gemacht.

»Sind wir angemeldet?« fragte Nora, als Luis klingelte und sich nichts rührte.

»Ja. Obwohl es nicht nötig gewesen wäre. In England sind noch keine Ferien, und Fremde verirren sich kaum hierher. Hello, George.«

Ein großer Mann in Turnhosen und T-Shirt hatte geöffnet und begrüßte sie jetzt mit einem breiten Grinsen. Er führte sie in das Zimmer, das auch ihre Vorgänger gehabt hatten, ein hübsches altmodisches Zimmer mit Blick zur See. Ein weißer Vorhang flatterte weit herein, und noch näher als das Rauschen der Wellen waren die anderen Strandgeräusche, Hundegebell und das Quietschen einer rostigen Schaukel, die monotone Lautsprecherstimme eines Mannes aus einer Spiel- und Bingohalle, und das besorgte Rufen einer Mutter, deren Sprößling sich zu weit ans Wasser gewagt hatte. Lichtreflexe spielten an der Zimmerdecke, und auch hier war dieser Geruch nach Fisch und Tang.

Luis füllte den elektrischen Wasserkocher und bereitete zwei Tassen mit Zucker und Teebeuteln vor. George hatte alles auf einer Kommode zurechtgestellt, neben einem Wasserglas, in dem eine Rose stand.

»Wie fürsorglich er ist«, sagte Nora.

»Er führt dieses Hotel ganz allein. Er ist Hausbursche, Zimmermädchen und Koch. Aber als ehemaligem Berufssoldaten dürfte ihm das nicht schwerfallen.«

»Woher weißt du das?«

»Wir haben miteinander telefoniert. Als ich das Zimmer bestellte.« Er gab ihr den fertigen Tee und setzte sich neben sie auf die Lehne des Sessels dicht am Fenster, auf den sie sich niedergelassen hatte, um das Meer, die weit draußen vorüberziehenden Schiffe und den Leuchtturm am Ende der Mole zu sehen.

»Ach Luis«, sagte sie weich und lehnte ihren Kopf an seinen Arm, »wir beide haben noch nie miteinander Ferien gemacht.«

»Wir machen doch dauernd Ferien.«

»Du weißt, was ich meine. Wir sind nie weggefahren, um nur für uns Zeit zu haben.«

Sie spürte, wie er sich fast unmerklich von ihr wegbewegte.

»Was willst du damit sagen?«

»Begreifst du es nicht? Es war deine Idee, in die Rolle eines Liebespaares zu schlüpfen. Glaubst du, sie haben in diesem Zimmer nur Tee getrunken?«

»Nein«, sagte er fast tonlos, »aber ich dachte, das wäre kein Thema mehr zwischen uns.«

Sie stellte ihre Tasse neben sich auf den Boden, senkte den Kopf und schloß die Augen. Stimmen und Geräusche traten zurück, immer weiter entfernte sie sich von diesem Ort, und immer mehr begriff sie, wie sehr Luis sie zu seinem Geschöpf gemacht hatte, gefangen in einem Schattenreich, und so erstaunte es sie auch nicht, daß sie, als sie die Augen wieder öffnete, das Zimmer leer fand.

11

Um ins Landesinnere weiterzufahren, mußten sie einen Mietwagen nehmen, so entlegen war das Dorf, in dem der alte Pfarrer lebte. Auch bei ihm waren sie angemeldet, nur wußte er, warum sie kamen. Er erwartete sie am Eingang des efeuüberwachsenen Cottages, das er mit seiner Frau bewohnte. Mit seinem rosigen Gesicht, die Mundwinkel immer leicht nach oben gebogen, wirkte er wie einem von Dickens' Romanen entstiegen – augenzwinkernd verriet er Nora gleich, daß er und seine Frau nur deshalb Gäste aufnahmen, um dem doch ziemlich eintönigen Leben in ihrem Dorf ein paar Lichter aufzusetzen.

»Die haben Sie ja jetzt«, meinte Nora.

Er wurde ernst. »Das ist eine komische Sache«, sagte er, »und sicher nicht das, was wir uns gewünscht haben.« Zuvorkommend führte er sie in die Küche, wo seine Frau, groß und mager, aber mit einem ebenso freundlichen Kinderlachen wie er, sie begrüßte und ihnen ein spätes Mittagessen anbot. »Es ist noch warm ... Fischpastete.«

Sie nahmen an und setzten sich an den Tisch, der fast den ganzen Raum ausfüllte, neben einem gewaltigen Herd, auf dem schon der Porridge für den nächsten Morgen brodelte. »Sie sollen also bei der Suche behilflich sein«, sagte der Pfarrer, an Nora gewandt, während er ihren Teller füllte. »Hoffen wir, daß Sie Erfolg haben. Es ist hier schon so lange nichts mehr passiert, eigentlich nichts mehr, seit die Schotten ihre Überfälle eingestellt haben«, er lachte, »und ich kann mir nicht vorstellen, daß ein Verbrechen geschehen ist. Schon gar nicht von dem jungen Mann ausgeführt, wie manche ihm unterstellen. Gut, sie haben sich gestritten ...«

»Gestritten?« fragte Nora.

»Ja, wie sich Liebespaare eben streiten. Auch mal streiten, möchte ich sagen. Wir haben nicht verstanden, worum es ging, aber sie schien ihn ein bißchen über zu haben. Wollen wir den Tee im Garten nehmen? Es regnet ausnahmsweise mal nicht.«

Vorher zeigte er ihnen ihr Zimmer, das Zimmer, das sie immer vermieteten. Es war mit einfachen alten Möbeln eingerichtet, klein und niedrig, aber so anheimelnd mit seinen Rosentapeten und dem alten Waschtisch, daß Nora sich unter anderen

Umständen hier sehr wohl gefühlt hätte. Sie trat an das hochgeschobene Fenster und blickte hinunter auf die Straße, die ganz verlassen schien. Aber jetzt kam von weiter oben, wo sie sich verjüngte und in einer Art Hohlweg einmündete, gebeugt und mit schlurfenden Schritten eine alte Frau, die eine aufgeschlagene Zeitung so dicht vors Gesicht hielt, daß man nur ihren tief in die Stirn gezogenen Hut erkennen konnte. Merkwürdige Art, Zeitung zu lesen, dachte Nora, als die Gestalt in Höhe des Cottages innehielt, das Blatt vorsichtig senkte und den Blick langsam zu den Fenstern hochgleiten ließ. Nora wich in den Schatten zurück und stieß gegen den Pfarrer, der gerade eine Kommodenschublade aufzog, um Luis zu zeigen, wo sie ihre Wäsche unterbringen konnten.

»Weiß man im Dorf, daß ich ... daß in dem Haus, in dem die Frau verschwunden ist, etwas stattfinden soll?« fragte sie.

»Mein liebes Kind, es gibt kein anderes Thema mehr. Man weiß, daß Sie auf dem Weg hierher waren und heute eintreffen. Immerhin logieren der Ehemann und der Liebhaber seit einer Woche im *Mermaid Inn,* stehen jeden Abend stundenlang an der Bar, lassen sich nicht aus den Augen und liefern Gesprächsstoff für die nächsten Jahre.«

»Und was ist mit der Polizei?«

»Wie meinen Sie das?«

»Tut sie etwas?«

»Aber natürlich. Es wurde alles abgesucht, die Heide, der Wald, jeder Ginsterbusch im Umkreis von drei Meilen. Wir wurden befragt, die Busfahrer wurden befragt, die Bediensteten der nächsten Bahnstation. Es ist wie in einem Krimi. Jeder weiß etwas, und niemand weiß etwas. Dazu diese beiden schweigsamen Männer, die sich jeden Abend im Pub vollaufen lassen... und jetzt noch ein Medium. Meine Liebe, das Dorf ist am Überkochen.« Er lächelte glücklich. »Und nun wollen wir Tee trinken.«

Er geleitete sie durch sein Wohnzimmer, wo überall auf den glänzend polierten Möbeln Schalen mit getrockneten Blütenblättern standen, die einen zarten Duft verbreiteten, hinaus in den Garten.

Die Frau des Pfarrers goß die Tassen halbvoll mit Milch, fügte den heißen Tee hinzu, gab Zucker hinein, rührte um und reichte Nora und Luis das fertige Getränk. Sie saßen auf Klappstühlen unter einer Ulme, eine der wenigen in England, die noch nicht abgestorben war – hatte der Pfarrer gemeint –, und betrachteten die liebevoll angelegten Blumenbeete. Schmetterlinge schaukelten über die geharkten Wege, und wohin der Blick ihnen folgte, stieß er unweigerlich auf eine Katze. Sieben Katzen zählte Nora, sanfte anmutige Geschöpfe, auf eine Mauer hingestreckt oder mit gedehntem Rücken durchs Gras streifend, Katzen in jedem Alter und in allen nur erdenklichen Schattierungen. »Gehören die alle Ihnen?« fragte sie.

»Nein, keine einzige. Nicht weit von hier in einem verwahrlosten Cottage lebt eine alte Lady mit ... wie viele sind es im Moment, Bernard?«

»Zweiundvierzig.«

»... mit zweiundvierzig Katzen. Sie ist so häßlich, daß sie nur mit einer Zeitung vor dem Gesicht durchs Dorf geht. Keiner soll vor ihr erschrecken. Sie zeigt sich nur ihren Tieren, denen sie abends auf dem Bandoneon vorspielt, schottische Tänze, manchmal auch einen Tango. Wenn der Wind von da oben kommt«, sie wies in Richtung auf den Hohlweg, »hören wir sie manchmal.«

»Häßlich?« fragte Nora und versuchte sich das Gesicht unter dem Strohhut zu vergegenwärtigen. Wenn sie nicht anfing unter Sehstörungen zu leiden, war es ein außerordentlich hübsches Gesicht gewesen.

»Kleine Augen und eine Hakennase«, sagte die Frau des Pfarrers, »häßlich eben. Möchten Sie noch Kuchen?«

»Danke«, sagte Nora geistesabwesend. Sie griff nach dem Kuchen und zerbröselte ihn in ihrer Hand.

»Was hast du?« erreichte sie Luis sanfte Stimme.

Sie stand auf. »Nichts. Wie kommt man zu den *Glitzernden Steinen?*«

»Möchten Sie einen Ortstermin machen?« fragte der Pfarrer. »Soll ich mit Ihnen gehen?«

»Nein ... wenn es nicht allzu schwer zu finden ist, möchte ich lieber allein gehen.«

»Nun gut, es gibt zwei Wege. Sie können einmal hier die Straße hochlaufen, die in den Hohlweg mündet. Folgen sie ihm immer geradeaus, so werden sie nach einer guten halben Stunde die *Glitzernden Steine* jenseits des Tales am Fuß eines Hanges liegen sehen. Es ist das einzige Haus dort.«

»Und die zweite Möglichkeit?«

»Sie durchqueren das Dorf, und hinter dem Pub, dem *Mermaid Inn,* führt ein Weg durch die Schafweiden, der sich dem Haus von der anderen Seite nähert. Er ist aber länger.«

»Danke«, sagte Nora.

Sie nahm die Richtung, die sie durch den Hohlweg führte, Heckenrosen blühten und ließen ihre Zweige weit herunterhängen, sie kam an einigen abgestorbenen Ulmen vorbei, die bizarr und dunkel in dem sie umgebenden Grün standen und überstieg schließlich ein Gatter, das den ersten von vielen eingezäunten Weideplätzen umgab. Weit und sanftgeschwungen dehnte sich vor ihr das Land. Die rasch ziehenden Wolken warfen ihre Schatten, die mit ihnen wanderten – weit unten, wie in einer Mulde, lag, grau und mittelalterlich anmutend, das Dorf. Am jenseitigen Hang aber erblickte sie das einsam stehende Haus, mit blauen Fensterrahmen und einer blaugestrichenen Tür. Eine halbverfallene, aus Steinen geschichtete Mauer umgab es, und es führte eine Reihe geduckter und zerzauster Bäume zu ihm hin, unter denen sich die Schafe Schlafkuhlen geschaffen hatten. Nun gab es keinen Weg mehr. Es gab Ginsterbüsche, aus denen bei ihrem Näherkommen Hasen sprangen, und diese sanften Weidetiere, die kaum den Kopf hoben, wenn sie über eine Wiese ging, um das nächste Gatter zu übersteigen. Auch vor dem Haus grasten Rinder, und es war gut, ihr Schnauben und das Mahlen ihrer Zähne so ganz aus der Nähe zu hören.

Sie setzte sich auf die Treppe vor die blaue Tür, zog die Beine an, legte die Arme darum und stützte ihr Kinn auf die Knie. Weit jenseits des Tales zeichnete sich die Hügelkette ab, die die Grenze zu Schottland bildete. So weit das Auge reichte, gab es keine Mais- oder Kornfelder, nur diese Matten, betupft mit Tieren. Nirgendwo war ein Mensch zu sehen, das Dorf lag wie im Schlaf, und wäre nicht aus einigen Kaminen Rauch gestiegen, hätte man annehmen können, die Landschaft liege unter einem Bann, verwunschen und verzaubert auf hundert Jahre. Hinter ihr ging die Tür, und das Geräusch barg in dieser absoluten Einsamkeit einen solchen Schrecken für sie, daß sie laut aufschrie.

»Entschuldigen Sie«, sagte ein Mann, »ich sah Sie schon von weitem. Ich wollte Ihnen keinesfalls Angst einjagen. Mein Name ist Paul Selig.«

Er sprach ein ausgezeichnetes Englisch, hatte diesen melodiösen und doch klaren Tonfall, den Nora nie erreichen würde, und so begnügte sie sich damit, ihren Namen zu nennen und auf Deutsch hinzuzufügen: »Ich bin Ihr Medium.«

»Das dachte ich mir.« Er zog die Tür hinter sich ins Schloß und setzte sich neben sie. Hager, wie er war, gaben ihm seine vorspringende Nase und das widerborstige, farblich nicht zu bestimmende Haar das Aussehen eines bekümmerten Kasperle, dem alle Späße vergangen sind. Nora legte ihm eine Hand aufs Knie und tätschelte es leicht. »Wir werden sie finden«, sagte sie, »ich bin mir ganz sicher, daß ihr nichts zugestoßen ist.«

Er sah sie dankbar von der Seite an, hob dann aber die Schultern, riß einen Grashalm aus und kaute darauf herum. »Es spielt schon fast keine Rolle mehr«, meinte er. »Jahrelang habe ich alle ihre Launen ertragen, sie gesehen wie ein Kind, das man beschützen und teilweise auch gewähren lassen muß. Es war eine Liebe, die vor allem auf einem Gefühl der Verantwortung begründet war – jedenfalls was mich anging. Sie ...«, er spuckte den Grashalm wütend aus, »sie hat, glaube ich, nie auch nur einen Gedanken daran verschwendet, herauszufinden, was in mir vorgeht, was ich fühle. Nun, was soll's, so oder so bin ich jetzt fertig mit ihr. Ich will nur eine saubere Lösung, wissen Sie.«

Er drehte den Kopf und sie konnte die erweiterten Äderchen im Weiß seiner Augen erkennen, die verrieten, daß er zu wenig geschlafen und zuviel getrunken hatte. Es waren Augen ohne jedes Geheimnis, ehrlich und müde – sie starrte ihn einen Moment verwirrt an und wandte sich dann ab. Eine Kuh war nähergekommen und beäugte sie neugierig mit gespreizten Beinen, sofort bereit, bei einer unvorhergesehenen Bewegung zur Seite zu springen. Nora streckte vorsichtig einen Finger aus und berührte die feuchte Schnauze. Die Kuh verdrehte die Augen, um besser nach unten sehen zu können, öffnete dann ihr Maul und beleckte

Noras Finger mit einer Zunge, die sich so rauh anfühlte wie ein Reibeisen.

Die Sonne war hinter einer der wandernden Wolken verschwunden, und der Wind, plötzlich kühler, ließ sie erschauern. Paul Selig zog seine Jacke aus, legte sie ihr um und drückte Nora kurz an sich. »Ich habe Sie mir ganz anders vorgestellt«, sagte er dabei, »irgendwie härter. Sie wirken aber so, als würden Sie selbst Hilfe brauchen. Ich denke, wenn wir das hier hinter uns haben, werde ich mich um Sie kümmern müssen.«

12

Sie war mit Paul den anderen Weg zurückgegangen, der beim *Mermaid Inn* in die Dorfstraße mündete. Der Pub ähnelte einem summenden Bienenkorb. Die Männer standen in dem kleinen Schankraum so dicht, daß man über ihre Köpfe hätte spazieren können. Musik und Wortfetzen drangen durch die offenstehende Tür auf die Straße, zusammen mit Rauchschwaden, die sich in der kühlen Nachtluft schnell auflösten. Paul Selig führte Nora etwas zur Seite, wo man durch ein Fenster direkt auf die Theke sehen konnte. »Das ist er«, sagte er, »und ich schätze, er hat schon einen gewaltigen Vorsprung.«

Nora erblickte einen gutaussehenden jungen Mann, der aber an diesem Ort etwas verloren wirkte, eingekeilt zwischen zwei Farmern, hielt er sich an seinem Bierglas fest und warf ab und zu einen flehenden Blick zur Tür, als wünsche er sich nichts mehr als das Erscheinen des Mannes, dessen Frau umgebracht zu haben ihm immerhin von manchen unterstellt wurde.

Nora verließ Paul und spazierte müßig durch das Dorf, kam an der Kirche und am Friedhof vorbei, über dem ein gelber Mond hing, und erreichte schließlich die Straße, in der das Cottage des Pfarrers sich schattenhaft in die Umgebung einfügte, herausgehoben nur durch das hellbeleuchtete Fenster, das den Blick ins Wohnzimmer freigab. Da saßen sie, wie auf einer Bühne, der Pfarrer am Klavier, Luis, angespannt und mit wippenden Füßen in einem Sofa, und Stella, die Frau des Pfarrers neben dem unvermeidlichen Teetischchen, gerade dabei, die Tassen zu füllen. Machte man sich ihretwegen Gedanken? Befürchteten sie, daß die *Glitzernden Steine* ein weiteres Opfer gefunden hatten? Sie hob die Hand, um an die Scheibe zu klopfen, als sie wie von weither eine Folge von Tönen erreichte. Das kam nicht von des Pfarrers Klavier. Es war die schmelzend weiche, verführerisch lockende Musik eines Bandoneon. Jemand spielte hier meisterhaft einen Tango, traurig und hingebungsvoll, und Nora glaubte, unter dem sternenübersäten Himmel Argentiniens zu stehen, vor einem dieser Lokale, in denen der melancholischste aller Tänze der König jeder Nacht war. Sie ließ ihre Hand sinken, vergaß den Pfarrer und Luis, und ging der Spur dieser Töne nach, tauchte wieder in den nun dunklen Hohlweg ein und bahnte sich durch Gestrüpp und hochstehendes Unkraut den Weg zu einem Cottage, das geduckt unter Bäumen lag. Ein roter Vorhang ließ eines der kleinen Fenster magisch aufleuchten, und sie tastete sich bis zu ihm durch und spähte durch einen Spalt hinein. Und da sah sie nun wirklich eine sehr häßliche alte Frau, die mit gespreizten Beinen vor dem Kamin stand, in dem ein Feuer brannte, das durch ihren weiten bunten Rock hindurchschimmerte und die Umrisse ihrer Beine sehen ließ. Sie war es, die spielte, so selbstvergessen, als gäbe es nur sie auf der Welt, und dabei mußte sie doch wenigstens einen Zuhörer haben, denn über die Lehne eines Sessels, der schräg zum Kamin stand, fiel eine Welle langen roten Haares. Jetzt erhob sich diese Rothaarige, stemmte beide Arme in die Seite und begann zu tanzen, während ein Dutzend oder noch mehr Katzen, die überall im Zimmer verteilt waren, mit rätselhaft glimmenden Augen, aber sonst völlig ungerührt, diesem Hexensabbat beiwohnten.

Nora arbeitete sich bis zur Holztür durch und klopfte heftig dagegen. Die Musik brach ab, es dauerte eine Weile, und dann kamen langsame zögernde Schritte näher.

»Wer ist da?« rief es von innen.

Nora schwieg. Sie hörte, wie ein Riegel zurückgezogen wurde und tat einen Schritt nach hinten, damit man sie im Mondlicht besser erkennen konnte. Ein schmaler Spalt öffnete sich, aus dem sie ein Auge anblinzelte – dann wurde die Tür unter einem gewaltigen Kichern ganz geöffnet. »Das Medium... kommen Sie herein, meine Liebe.« Sie trat zur Seite, ließ zwei Katzen hinaus, und eine, die schon die ganze Zeit leise miauend um Noras Füße gestrichen war, hinein, schloß hinter ihnen die Tür und sicherte sie wieder mit dem Riegel. Über einen mit Steinen gefliesten Flur schurrte sie auf ihren Holzschuhen Nora voran zu dem Zimmer, in dem das Feuer brannte. Es war ein wahrhaft zauberhafter Raum. Der zuckende Lichtschein aus dem Kamin, der als einziger das Zimmer erhellte, ließ altes Geschirr und Gläser in hohen Vitrinen aufglitzern und wieder in der Schwärze versinken, so, wie es mit den Bildern an den Wänden schon lange geschehen war – im Laufe der Jahre immer mehr nachgedunkelt, blickten die Gesichter der Porträtierten schemenhaft aus dem Rahmen, fast eins geworden mit dem Hintergrund. Es gab eine Unmenge Schnick-Schnack, getrocknete Kräuter, in Vasen oder in Büscheln an der Decke aufgehängt, es gab geblümte Sessel und polierte Tische auf zerbrechlichen Beinen, aber keine rothaarige Frau, nur einen

Vorhang vor einem der Fenster, der sich mehr bauschte als die anderen.

»Kommen Sie nur«, sagte die Alte, blieb unter der Tür stehen und lächelte ihr zahnloses Lächeln, während Nora mit schnellen Schritten zu dem Vorhang ging und ihn beiseite schob. »Haben Sie nicht schon genug angerichtet«, sagte sie dabei.

»Was angerichtet?« fragte Pauls Frau, strich sich über das knisternde Haar und trat hervor.

»Ihr Mann ist vor Kummer außer sich.«

»Lächerlich.«

»Und der andere steht unter Mordverdacht.«

»Geschieht ihm recht.«

Nora blickte in das hübsche Gesicht, das sie heute in der Maskerade der alten Frau schon einmal gesehen hatte und schüttelte den Kopf. »Was sind Sie nur für ein Mensch.«

»Nicht schlechter als Sie oder unsere Mutter Barnett hier, glauben Sie mir. Was tun Sie denn? Mit Hokus-Pokus die Leute hinters Licht führen.« Sie hängte sich bei Nora ein, brachte sie zu einem Sofa, vertrieb die Katzen, die darauf lagen und bat sie, sich zu ihr zu setzen. Die alte Frau hatte sich entfernt und das Bandoneon mitgenommen. Etwas weiter weg, in einem anderen Raum, der Küche vielleicht, begann sie wieder leise zu spielen.

»Wie schön das ist«, sagte Nora. Plötzlich begann sie sich zu entspannen. Es war schwer, Pauls Frau böse zu sein, sie hatte wirklich etwas Kindliches, mit diesen gekräuselten Haaren, der weißen Haut und den leicht grünlichen Augen, in denen goldene Pünktchen tanzten.

»Ja, nicht wahr«, sagte Pauls Frau, »bei Mutter Barnett lebt es sich gut. Aber ich muß sie wieder verlassen, weil ich Ihnen zu Ihrem spektakulärsten Fall verhelfen werde. Ich werde während Ihrer Séance ...«

»Morgen abend?«

»Ja ... morgen abend genau so wieder auftauchen, wie ich verschwunden bin. Mit demselben Kleid, denselben Schuhen, derselben Frisur, so, als wäre ich nur für Minuten fortgewesen und nicht für Tage.«

»Wie sind Sie eigentlich verschwunden? Und warum?«

»Warum kann ich Ihnen sagen, nur nicht das Wie. Das Wie bleibt mein und Mutter Barnetts Geheimnis. Warum also?«

Sie brachte ihr Gesicht ganz dicht vor Noras Gesicht und fragte: »Sind Sie glücklich?«

Nora überlegte. »Nicht sehr«, sagte sie schließlich.

»Der Grund?«

»Es ist hauptsächlich wegen Luis. Er hat kein Gefühl.«

»Ihr Mann? Nun, mein junger Mann ertrank in Gefühlen.«

Nora lachte, aber es klang traurig. »So, wie ich ihn gesehen habe, ertrinkt er momentan eher in Bier.«

»Kann schon sein. Ich war mit ihm in diesem Haus und fühlte mich auf einmal in ein anderes Leben versetzt. Es war so still dort, so friedlich. Ich stellte mir vor, wie es wäre, für immer dort zu bleiben, und ich hatte diesen Jüngling vor dem kalten Kamin völlig vergessen.« Sie seufzte in der Erinnerung und wandte sich in plötzlicher Neugier an Nora: »Ihrer ist also genau das Gegenteil?«

»Ja ... ja und nein. Luis kann mit einer Handbewegung eine Rose im Schnee zum Erblühen bringen.«

»Das ist doch gut.«

»Aber er kann mit derselben Handbewegung auch das Feuer hier sterben lassen.«

Mutter Barnett war wieder aufgetaucht und brachte auf einem Tablett mit Butter bestrichenen Toast und drei Tassen Tee. Sie rückten zur Seite, damit sie sich zwischen sie setzen konnte und bedienten sich.

»Luis heißt er?« fragte Pauls Frau leise.

»Ja.«

»Und Sie brauchen ihn nicht mehr?«

Darauf sagte Nora nichts. Die Rothaarige legte ihren Toast weg, wischte sich mit dem Ärmel ihres Kleides über den Mund und hielt dann ihre geöffnete Hand vor die Lippen. »Luis ...«, hauchte sie darauf, hielt sie vor das Feuer und blies behutsam darüber. Gespannt blickten Mutter Barnett und sie in die roten Flammen, die aufzuckten und wieder in sich zusammenfielen, als wollten sie für Sekunden etwas zeigen. Beider Augen hatten sich verengt, wie die von Katzen, die auf Beute lauern. Nur dürfte Luis schwerer verdaulich sein als alles, was sie bisher hatten, dachte Nora, stand leise auf und verließ, ohne daß die beiden es bemerkten, auf Zehenspitzen den Raum, der ihr auf einmal überhitzt schien, zog behutsam den Riegel an der Tür zurück und trat hinaus in den unkrautüberwachsenen Garten.

13

Den ganzen Tag rannte der Pfarrer so glücklich und aufgeregt herum wie ein Kind an Weihnachten. Er ließ Nora kaum aus den Augen, bot ihr unentwegt Tee und irgendwelche Leckereien an, und stand am frühen Nachmittag, als der Himmel sich bewölkte und so grau wurde wie die Steinmauern um seinen Garten, händereibend am Fenster: »So ist es gut«, meinte er, »das richtige Wetter für unser Vorhaben«, denn irgendwie hatte er die ganze Angelegenheit zu der seinen gemacht, und es hätte ihn im Moment nichts mehr treffen können, als von Luis bei dem bevorstehenden Ereignis ausgeschlossen zu werden. Er führte Nora in sein Arbeitszimmer und zeigte ihr mit Verschwörermiene die Bücher, die ihm die liebsten waren. »Stella ist da nicht ganz meiner Meinung«, sagte er, »aber ich kann Ihnen versichern, es gibt nichts Schöneres, als an einem kalten, winddurchheulten oder nebligen Abend eine dieser Geschichten zu lesen.«

Er zog einen der Bände aus dem Regal. »Kennen

Sie Seatons Tante? Nein? Oh, das müßten Sie aber.«

»Ich werde sie einmal lesen«, versprach Nora, »nur nicht gerade heute.«

»Natürlich nicht«, sagte er hastig, »möchten Sie noch einen Tee?«

Nora, die sich schon wie in Tee ertränkt fühlte, entfloh ihm dankend und ging vor das Haus, um frische Luft zu atmen, bevor es vielleicht zu regnen begann. Gleich nebenan gab es eine Quelle, die sich in eine Sandsteinschale ergoß, um von dort durch eine Öffnung gemächlich die Straße hinunter zu plätschern. Ein Spruch, in den Sandstein eingemeißelt, forderte die Vorübergehenden auf, von dem angeblich heilkräftigen Wasser zu kosten, und damit das problemlos geschehen konnte, war an einer langen rostigen Kette ein Becher befestigt. Nora füllte ihn und trank von dem leicht salzig schmeckenden Wasser, als aus dem dichten Brombeergestrüpp über der Quelle eine Stimme sie anzischte. Erschrocken ließ sie den Becher fallen, er klatschte in das Becken und versank mit leisem Glucksen.

»Liebes Kind«, säuselte die Stimme.

Nora sah hoch und erblickte zwischen den grünen Ranken die imposante Nase der alten Mutter Barnett.

»Trinken Sie weiter«, befahl die Alte, »meinetwegen schauen Sie sich auch die Gegend an, in den Himmel oder sonstwohin – nur nicht zu mir. Es sind da noch zwei Punkte zu klären, die uns erst nach Ihrem plötzlichen Weggang gestern abend eingefallen sind. Also – wird der Raum verdunkelt?«

»Eigentlich nicht«, sagte Nora. Sie fischte den Becher an seiner Kette aus dem Wasser und füllte ihn neu. »Manchmal vielleicht später. Wissen Sie, wenn ich in Trance bin, höre und sehe ich nichts.«

»Verlangen Sie heute abend, daß er verdunkelt wird.«

»Aber Luis muß mir in die Augen sehen.«

»Dann soll er es gleich anschließend machen. Bestehen Sie darauf.«

»Gut. Aber warum?«

»Weil es auch zu Ihrem Besten ist. Da kommt jemand... bleiben Sie bitte noch hier.« Ein Rascheln und ein leichtes Wippen der Zweige verriet, daß die Alte sich weiter zurückgezogen hatte. Ein junger Mann, der einen Spaten und eine Drahtrolle trug, kam die Straße herauf, nickte Nora freundlich lächelnd zu und verschwand im Hohlweg.

»Muß wohl einen Zaun reparieren«, sagte die Stimme über ihr, »vielleicht wollte er aber auch nur einen Blick auf Sie werfen. Nun zu Nummer zwei: Wie ist es mit Geräuschen?«

»Wie meinen Sie das?«

»Haben Sie bei Ihren Séancen ein Geräusch, das das leise Öffnen einer Tür übertönen könnte?«

»Keine Ahnung.«

»Sorgen Sie dafür. Lassen Sie den Pfarrer einen Choral singen oder ein Gebet sprechen. Oder wimmern Sie vor sich hin. Bitte.«

»Ich würde das alles ja gerne tun«, meinte Nora nachdenklich, »aber wenn Luis mir in die Augen gesehen und mich in Trance versetzt hat, bin ich nicht mehr bei mir, das sagte ich Ihnen doch schon. Es kann sogar sein, daß ich Sie verrate.«

»Er wird es diesmal nicht schaffen«, erklärte Mutter Barnett. »Ich arbeite nicht gern gegen meinesgleichen, aber was sein muß, muß sein.« Eine dürre Hand kam aus dem Gestrüpp und hielt ihr einen flachen kleinen Stein hin, in den seltsame Ornamente eingeritzt waren. »Sie legen sich das unauffällig unter die Zunge... bevor er anfängt. Dann ist er machtlos.« Sie gab wieder ihr seltsames Kichern von sich. »Sehen Sie, mehr oder weniger sind wir alle voneinander abhängig. Hätte dieses rothaarige Wesen nicht meine geheime Küche entdeckt, würde ich ihr nicht helfen und Sie hätten gegen Ihren Herrn und Meister keine Chance. So aber wird er Sie verlieren und dafür die Rote bekommen – und das ist meine Rache, verraten Sie es ihr aber nicht. Für Sie bleibt dann der andere Mann.«

Nora, die gerade wieder Wasser im Mund hatte, verschluckte sich und mußte husten. »Woher wollen Sie das alles wissen?«

Das Kichern, begleitet vom Knistern der Zweige, entfernte sich und wurde abgelöst von einem heiseren Flüstern. »Der Mond hat es mir erzählt und die Krähen. Ein weißer Hase hinter dem Stein an der Kreuzung und der Hahn im Garten des Schmieds. Ein roter Fingerhut hat es mir erzählt, der vor einer weißen Mauer steht und eine einsame Brennessel, die ...«, und die Stimme erstarb.

In die Küche des Cottages zurückgekehrt, war Nora froh, den Pfarrer und seine Frau bei der gemeinsamen Zubereitung eines Teekuchens anzutreffen. Luis war im *Mermaid Inn,* um mit Paul und dem jungen Mann zu sprechen – die letzten Vorbereitungen für den Abend zu treffen.

»Rosinen, Korinthen, Orangeat«, sagte der Pfarrer, »hast du das, Stella?«

Sie nickte.

»Zitronat und Kirschen«, fuhr er fort, »Nora, mein Kind, Sie sehen ja ganz erfroren aus. Möchten Sie einen...«, er senkte schuldbewußt den Blick und Nora lachte und setzte sich zu ihm. »Keinen Tee«, sagte sie, »danke. Aber ich habe eine Frage. Diese alte Lady mit der Zeitung...«

»Mutter Barnett?«

»Ja, gilt sie hier im Dorf als Hexe oder so was?«

»Aber nein«, Stella stäubte mit einem Sieb Mehl auf die Tischplatte, »sie hat zu sehr die Attribute einer Hexe, um wirklich eine zu sein. Ihr Aussehen, die Katzen, das verwahrloste Cottage in einem verwilderten Garten. Nein, sie ist eine schrullige alte Frau. Hexen... Hexen stelle ich mir jung vor, schön.«

»Mit roten Haaren?« fragte Nora.

Stella hatte einen kleinen Berg Mehl aufgehäuft, in dessen Mitte sie jetzt eine Kuhle drückte. »Ich weiß, an wen Sie denken, und ich sage: Warum nicht? Was meinst du, Bernard?«

Der Pfarrer, den Mund voll Rosinen und das Gesicht rosiger denn je, sah sie ratlos an. »Tut mir leid, ich habe nicht zugehört. Ich dachte die ganze Zeit daran, ob wir nach der Séance nicht ein kleines Picknick machen sollten. Wir könnten das Zelt mitnehmen und Fackeln...« Er schluckte die letzten Rosinen hinunter und steckte den Finger in die Schüssel mit den kandierten Kirschen.

14

Es lag immer noch ein fahles Licht über dem Land, als sie aufbrachen. Nora, Luis, der Pfarrer und seine Frau nahmen den Weg, der sie von oben her zu dem Haus brachte, während die beiden Männer aus dem *Mermaid Inn* vom Tal her kommen wollten. Luis war unruhig. Sein ohnehin bleiches Gesicht wirkte fast grünlich, und Nora, die im Vorübergehen spielerisch eine Heckenrose aberissen hatte, wandte sich ihm zu und steckte sie an seine Jacke. Der Pfarrer, der einen Rucksack mit ein paar Utensilien trug, schnaufte hinter ihnen her, während seine Frau schon vorausgeeilt war, um ihnen die nächste Gattertür zu öffnen.

»Luis«, fragte Nora leichthin, »wie war das eigentlich? Habe ich nur gesprochen, wenn ich in Trance war? Oder habe ich auch geschrien, gewimmert, geweint?«

»Du hast gesprochen«, sagte er, »sonst nichts.«

»Und wie sah ich dabei aus?«

Sie durchquerten das erste Gatter, das Stella hinter ihnen wieder schloß, und hatten nun den

Blick auf den jenseitigen Hang, wo in dem einsamen Haus im ersten Stockwerk zwei Fenster beleuchtet waren.

»Sie sind bereits da«, rief der Pfarrer. Die Tiere, die sich zum Teil schon unter die Bäume zurückgezogen hatten, hoben neugierig die Köpfe, als die vier in der Dämmerung an ihnen vorbeizogen. Der Regen war ausgeblieben, aber ein Wind, der von den Bergen kam und zum Meer hinwehte, ließ sie alle frösteln und ihre Gangart beschleunigen.

»Wie sah ich aus«, wiederholte Nora hartnäkkig, als Luis ihr auf ihre zweite Frage keine Antwort gegeben hatte.

»Du wurdest blaß«, sagte Luis leise, »und Schweiß trat auf deine Stirn. Etwas wie ein Stromstoß durchfuhr deinen Körper, du hast dich ganz gerade aufgerichtet und deine Stimme klang wie die eines Automaten.«

»Schrecklich«, flüsterte sie.

»Warum willst du das alles wissen?«

»Dieser Abend ist doch sehr wichtig für dich?«

»Ja.«

»Dann hör zu, Luis: Wenn alles gelingen soll, lösch das Licht. Nach der Hypnose natürlich.«

»Das habe ich sowieso vor – sobald du zu sprechen beginnst. Das habe ich immer getan, damit nichts dich stört.«

»Oder weil es mehr Eindruck macht.«

Er schwieg lange. Bei einem Graben, den sie überqueren mußten, nahm er ihre Hand. »Du bist heute sehr seltsam, Nora. Aber du sollst eines wissen: Wir haben nie jemanden betrogen. Du bist ein Medium, das Zugang hat zu Bereichen, die anderen verschlossen sind. Nie haben wir jemandem geschadet, in den meisten Fällen haben wir den Schleier von Dingen gezogen, die für immer verborgen geblieben wären.«

»Und war das gut?«

»Es war manchmal sehr schmerzhaft für die Betroffenen. Aber es war auch immer das Ende der Unwissenheit. Nora, du kannst nur das und sonst nichts. Entzieh dich mir nicht.«

Sie löste ihre Hand aus der seinen, fühlte nach dem eingeritzten Stein in ihrer Manteltasche und umschloß ihn so fest mit den Fingern, daß es schmerzte. »Doch, ich kann noch mehr, Luis«, sagte sie. »Ich kann in den Armen eines Mannes liegen und ihn glücklich machen. Ich kann Marilu aus dem Internat zu mir holen und mich endlich um sie kümmern. Ich kann leben wie unzählige andere Frauen auch – ganz alltäglich, mit allem, was dazugehört.«

»Das ist schwer.«

»Ich kann mir denken, daß es schwer ist. Aber

das, was du mir gegeben hast, muß doch nicht verloren gehen. Du hast mir in allen Dingen die Schönheit gezeigt – das bleibt.«

Er hielt so abrupt an, daß sie fast über ihn stürzte. Sie waren jetzt schon bei der Reihe der krummen windzerzausten Bäume angelangt, die zu den *Glitzernden Steinen* führte. Früher einmal war neben ihnen ein Weg verlaufen, der jetzt aber schon lange mit Gras überwachsen war. »Kennst du das«, fragte er heiser, »kennst du das Gedicht über die Schönheit?« Sie schüttelte den Kopf. Er wandte sich von ihr ab und sah über das weite dämmrige Land, und noch einmal, das letzte Mal, spürte sie seinen Zauber, als er es ihr vorsprach:

Wer die Schönheit angeschaut mit Augen
ist dem Tode schon anheimgegeben
wird für keinen Dienst auf Erden taugen
und doch wird er vor dem Tode beben
wer die Schönheit angeschaut mit Augen

»August Graf von Platen«, rief der Pfarrer, der gerade zurückgekommen war, um nach ihnen zu sehen. »Das ist eines der wenigen Gedichte, die ich in Ihrer Sprache verstehe. Man kann es nicht übersetzen, so, wie man Yeats-Gedichte nicht ins Deutsche übertragen sollte. Stella . . .«

»Ja«, rief seine Frau.

Es setzte sich wieder in Trab, um an ihre Seite zu kommen und vertraute ihr an, daß er die Kerzen vergessen hatte. »... aber wie ich sehe, haben sie ja Licht«, fügte er tröstend hinzu, »Petroleumlampen, wie ich annehme.«

Die Tür in dem Haus war nur angelehnt, sie stiegen hintereinander die schmale Stiege hoch und fanden im Schlafzimmer, beim Licht einer Petroleumlampe, wie der Pfarrer richtig vermutet hatte, die beiden Männer vor. Paul stand am Fenster und hatte sichtlich nach ihnen Ausschau gehalten, während der jugendliche Liebhaber sich in einen Schaukelstuhl gesetzt hatte und mißvergnügt auf und ab wippte. Mit ausgestreckten Händen kam Paul auf Nora zu, faßte sie an den Schultern und betrachtete sie forschend. »Ich mache mir Vorwürfe«, sagte er, »daß ich das hier zulasse. Ich habe Sie vorher nicht gekannt, aber jetzt, wo Sie mir ... wie soll ich sagen?«

»Lieb sind ... vertraut sind«, half der junge Mann im Schaukelstuhl nach.

»Sie werden doch nicht jetzt einen Rückzieher machen«, jammerte der Pfarrer. Er holte eine Thermoskanne mit Tee aus dem Rucksack, den am Nachmittag bereiteten Kuchen und kleine, in

Dreiecke geschnittene Sandwiches, die mit kaltem Fleisch, Dill und Gurken belegt waren. Er breitete eine große Serviette über ein Tischchen, brachte Becher, ein Kännchen Sahne und Zucker zum Vorschein und arrangierte ein kleines kaltes Büfett. Luis sah ihm einigermaßen fassungslos zu, führte Nora dann zu einem Hocker und drückte sie darauf nieder. Wortlos trug er des Pfarrers liebevoll gestalteten Imbiß aus dem Zimmer und stellte ihn auf dem Treppenabsatz ab. Er wies allen Anwesenden einen Stehplatz an der den Fenstern gegenüberliegenden Wand zu und bat um absolute Ruhe. Die Petroleumlampe wurde heruntergeschraubt, bis sie nur noch wenig Licht gab, das aber voll auf sein, jetzt Nora zugeneigtes, Gesicht fiel.

Er hob beide Hände und legte sie an ihre Wangen, bog ihren Kopf zurück und sah ihr in die Augen. Nora, die den Kiesel unter ihrer Zunge spürte, blickte ihn an, hörte auf seine beschwörende Stimme und fühlte sich so frei von ihm, daß sie laut hätte herauslachen können.

»Nora«, flüsterte er, »Nora...«

Sie hörte das heftige aufgeregte Atmen des Pfarrers, das leise Knistern in den Wänden des alten Hauses, den Wind, der draußen um die Mauern heulte, um sich dann weiter auf den Weg zum

Meer zu machen. Sie stellte sich die Schiffe vor, die über das Wasser zogen, winzige Lichtpunkte in einer endlosen Fläche und sie rief sich den Anblick der Schafe ins Gedächtnis, dicht zusammengedrängt unter den Bäumen. Es war ihr unmöglich, sich auf Luis zu konzentrieren – ohne Mitleid bemerkte sie sein wachsendes Entsetzen, und nur, um dem Spuk endlich ein Ende zu machen, schloß sie die Augen, richtete sich kerzengerade auf und begann zu wimmern. Durch die geschlossenen Lider nahm sie wahr, daß das Licht nun ganz gelöscht wurde, und in die atemlose Stille der anderen hinein sprach sie nun mit einer künstlich verstellten Stimme, deren Verlogenheit nur Luis erkennen konnte. »Ich sehe sie... sehe sie. Sie kommt näher... eine schöne Frau mit roten Haaren... sie trägt ein Kleid mit einem weiten Rock... eine Bluse... eine Bluse mit einer Brosche... sie ist ganz nah... sie ist da!« schrie sie und mit ihr schrie die Frau des Pfarrers, der die Spannung unerträglich geworden war. Irgend jemand schraubte den Docht der Lampe wieder hoch und zündete sie an.

Malerisch auf das Bett hingelagert, das rote Haar leuchtend, als trüge es seine Lichtquelle in sich, die hübsche Nase schnippisch erhoben, war da Pauls Frau – wie vom Himmel gefallen oder aus dem Boden gestampft. Die allgemeine Begeisterung war nicht zu überbieten. Der Pfarrer führte eine Art Tanz auf, der junge Mann stürzte – mehr aus Dankbarkeit, jetzt von jeder Anschuldigung frei zu sein, als aus Erinnerung an die verflossene Liebschaft – zu ihr hin und küßte ihre Hände. Sogar Paul war die Erleichterung anzusehen, absolut ungerührt schien nur Luis. In der allgemeinen Aufregung ging er, nur von Nora beobachtet, zu dem Wandschrank, öffnete ihn, schlüpfte hinein, zog die Türen von innen zu und erschien erst nach fünf Minuten wieder, drei lange Kratzer, die sich langsam rötlich zu verfärben begannen, auf der linken Wange.

Nora tupfte einen davon mit der Fingerspitze an. »Was hast du da, Luis?« fragte sie.

»Es gibt da eine Katze.«

»Wo?«

»In einer Küche unten im Keller«, sagte er leise, »die du am besten gleich wieder vergißt. Oder kennst du sie vielleicht schon?«

»Die Küche nicht, aber ihre Benutzerin«, sagte sie, nahm den Stein aus dem Mund und hielt ihn ihm hin. Er ergriff ihn mit spitzen Fingern. »Alle Achtung«, sagte er, »dagegen bin ich wahrhaftig nur ein Teufel zweiter Klasse.«

Und nun fand doch noch ein Picknick statt, wie der Pfarrer es sich gewünscht hatte. Zwar nicht im Freien, in seinem Zelt, aber doch unter recht abenteuerlichen Bedingungen, und noch Jahre später erzählte er seinen Enkeln und Urenkeln von der geheimnisvollen rothaarigen Dame, die in den *Glitzernden Steinen* verschwunden war, um dort wieder aufzutauchen, ohne sich auch nur im geringsten erinnern zu können, wo sie die ganze Zeit gewesen war.

15

Gib mir das Salz, Rosi«, sagte Frau Zittel. Wohlgefällig betrachtete sie die Schüssel mit grünem Salat und gab noch eine Handvoll kleingewiegte Petersilie dazu. »Es schmeckt mir wieder, seit er allein da drüben sitzt, so allein, wie ich es die ganze letzte Zeit war. Ich könnte den ganzen Tag nichts anderes tun als ihm vorzuessen, nur damit er sieht, wie gut es mir geht.«

»Ihm geht's ziemlich schlecht«, meinte das Mädchen.

»Warst du heute drüben?«

»Ja«, sagte Rosi. Rote Flecken erschienen auf ihrem mageren Hals, und sie bückte sich, um unter dem Küchentisch etwas aufzuheben, was gar nicht da war.

»Nur noch Pfeffer.« Frau Zittel würzte den Salat großzügig aus der Pfeffermühle und kostete ein Blatt. »Sehr ordentlich«, mümmelte sie, »weißt du, Rosi ... was machst du da unter dem Tisch ... weißt du, bei dir bin ich mir manchmal nicht sicher, ob du nicht nach zwei Seiten Wasser trägst.«

Rosi tauchte wieder auf, inzwischen war auch ihr Gesicht mit dieser fleckigen Röte überzogen, die es häßlich machte. »Niemals, Frau Zittel«, widersprach sie empört.

»Schon gut. Welchen Grund hättest du auch, mir zu schaden, wo ich dich doch inzwischen fast wie meine Tochter behandle.« Sie trug den Salat über den Flur.

»Fast«, murmelte Rosi in sich hinein, »aber nur fast.« Und wieder einmal fragte sie sich, warum sie Marilu in Frau Zittels Netz hatte gehen lassen. Weil sie wie Lissie war? Hübsch und umsorgt? Während sie wohl ewig unten im Laden Strümpfe verkaufen würde, ungeliebt und nur benutzt, von Frau Zittel ebenso wie von Gilberts Vater. Und der einzige, den sie mochte, der ihr nie etwas getan hatte, war nun durch ihr Eingreifen noch mehr in Verdacht geraten. Sie seufzte und sah ins Wohnzimmer hinüber, wo Frau Zittel die letzten Vorbereitungen für ihr einsames Abendessen traf. Einsam und doch nicht einsam, denn in dem Zimmer über der Straße saß Herr Taube und wartete, bot sich ihren Blicken dar wie sie sich den seinen, und keine Art von Liebe hätte sie heftiger aneinanderbinden können als ihr gegenseitiger Haß.

»Es hat geklingelt«, rief Rosi aus der Küche.

»Ich erwarte niemanden«, sagte Frau Zittel. Sie

hatte sich einen Wermut eingeschenkt und trat mit dem gefüllten Glas ans Fenster, um es Auge in Auge mit ihrem Feind zu trinken. Herr Taube sah tatsächlich schlecht aus. Er hatte sich nie viel aus seinem Sohn gemacht, aber jetzt, da Gilbert verschwunden war, ertappte er sich oft dabei, wie er auf den leeren Platz starrte, sich das sanfte ruhige Gesicht vorzustellen versuchte, und wenn ihm dann die große fette triumphierende Frau gegenüber ins Blickfeld geriet, spannten sich seine Kiefermuskeln, und was auch immer er gerade in der Hand hielt, wurde so fest zusammengedrückt, daß es, wäre es der Hals eines Menschen gewesen, keine Rettung mehr gegeben hätte.

Die Klingel schrillte nun fast ununterbrochen. »Soll ich nicht doch aufmachen«, rief Rosi, »vielleicht ist es Lissie.«

Das war ein grausamer Scherz, und Frau Zittel drehte sich wütend um, ging in den Flur und drückte auf den Knopf, der die Haustür unten öffnete. Breit stellte sie sich neben die Garderobe, wartete auf den oder die Besucher, und verzog ungläubig den Mund, als sie einen Hund bellen hörte. Diese Leute hatte sie wirklich ganz vergessen. Und sie hatten auch noch die Frechheit, den Hund mit hochzubringen, der sie doch ... Sie sah auf ihre Hand. Der sie natürlich nicht gebissen hatte. Aber was sollte sie... Da pochte es schon gegen die Wohnungstür, und so sagte sie leise, an Rosi gewandt: »Nun mach schon auf.«

Der Hund drang als erster schweifwedelnd ein. Rubber, den sie für Marilu aus dem Tierheim geholt hatten, damit sie sich besser an die neue Situation gewöhnte. Rubber, der ebenso wie Marilu, die nicht wußte, wo ihr Platz war, sich zu keiner Hunderasse bekennen wollte, zu viele Sorten waren in ihm vereint. Dieser Rubber also, der nach einer Woche ihren Geruch wiedererkannt hatte, gebärdete sich wie verrückt, um sie endlich begrüßen zu können. Frau Zittel sah mit gerunzelter Stirn zu ihm hinunter. »Sie ist nicht da«, sagte sie.

»Ausgegangen?« fragte Nora.

Die Frau kippte den Rest aus ihrem Glas in einem Schluck und hob das Kinn. »Hat sich verdrückt, das Früchtchen. Ich dachte, sie wäre bei Ihnen.«

»Großer Gott«, flüsterte Nora, »sie kann nicht bei uns sein. Seit wann ist sie weg?«

»Rosi, seit wann ist sie weg?«

Rosi hob sieben Finger hoch. Frau Zittel tat es ihr nach.

»Einen Moment«, Paul griff nach ihrer Hand, »wo ist Ihre schreckliche Bißwunde geblieben?

Nicht einmal ein Kratzer ist zu sehen. Was, verdammt noch mal, wird hier gespielt?«

Nora begann durchzudrehen. Sie rannte in die Küche und anschließend in das Mädchenzimmer, wo sie das unberührte Bett und im Schrank nur Lissies Kleider fand. »Marilu«, rief sie. Rubber jaulte und kratzte an einer Tür, die eine kleine Kammer unter einer Treppe abschloß.

»Öffnen Sie diese Tür, ich verlange, daß Sie sie sofort öffnen«, schrie Nora hysterisch.

»Sie ist offen«, meinte Frau Zittel ruhig.

Nora riß sie auf und fand Marilus Koffer und die Kleider, die sie an dem Abend, als sie sie hiergelassen hatten, getragen hatte. Schluchzend brach sie zusammen. »Sie ist tot, ich spüre, daß sie tot ist. Warum haben wir sie abgeschoben? Es war uns doch nur recht, ein paar Tage Ruhe vor ihr zu haben, und jetzt werden wir immer Ruhe haben.«

»So wie ich mit Lissie«, sagte Frau Zittel. »Aber jetzt wissen wir wenigstens, wer sie auf dem Gewissen hat. Stimmt's, Rosi?«

»Nein«, kreischte Rosi, die Noras Zustand doch sehr mitgenommen hatte, »Gilbert tut niemandem was. Ich halte nicht mehr zu Ihnen, ich sag jetzt alles.«

»Sehr vernünftig«, sagte Paul. Er war bleich, schien aber gefaßt. Behutsam half er Nora auf die

Beine und führte sie ins Wohnzimmer, wo er sie auf einen Stuhl niedergleiten ließ. Aus der Anrichte holte er ein Glas, füllte es mit dem Wermut, den Frau Zittel da noch stehen hatte, und zwang sie, es auszutrinken. Rosi war mit hereingeschlichen und suchte Deckung hinter Noras Stuhl, hielt sich an dessen Lehne fest und blickte ängstlich auf die große Frau, die ihnen gefolgt und ans Fenster getreten war. Drüben hatte Herr Taube sich erhoben, um sie besser beobachten zu können. Paul bemerkte ihn und zuckte zusammen. »Ist das ein Spuk«, murmelte er, »dieselbe Einrichtung, dieselbe Lampe, vielleicht sogar die Bilder...«

»Ja«, sagte Rosi, »wenn ein Vetreter kommt, bestellen sie beide immer das gleiche. Auch für den Laden. Das geht schon sehr lange so, und vor ihnen waren es ihre Eltern und davor die Großeltern. Nicht so... so seltsam wie diese beiden, aber der Haß war immer da. Zwei Kaufhäuser in einer kleinen Stadt, und dann auch noch einander gegenüber, wissen Sie. So gut gehen die Geschäfte hier nicht, und jeder dachte, der andere nimmt ihm was weg. Ihr Mann und seine Frau...«, sie deutete zu Herrn Taube hinüber, »die waren nicht so, aber sie waren zu schwach. Und dann hatte er diesen Sohn.«

»Ich kenne ihn«, sagte Nora.

»Gilbert«, fuhr Rosi fort, »und Frau Zittel hatte Lissie. Sie mußte immer ins Kaufhaus Taube gehen, so wie ich jetzt, und sich alles angucken, herumspötteln und die Waren schlechtmachen, bis Herr Taube fast wahnsinnig wurde. Manchmal ging sie auch zu ihm ins Büro, um etwas zu reklamieren, das sie angeblich gekauft hatte. Nur, wenn er ihr Gilbert gegenüberstellte, wurde sie sanfter. Gilbert kann man nicht wütend machen, deshalb kann er ja auch niemandem etwas tun, ich schwör's Ihnen. Lissie ist sicher abgehauen, nach Berlin oder so, ich tät das auch, wenn ich den Mut dazu hätte, und Ihre Tochter ... sie wird sich wiederfinden, da bin ich mir sicher.« Erschöpft brach sie ab.

Paul griff sich an den Kopf. »Dann war das mit dem Hundebiß also nur Theater? Sie brauchte einen Lockvogel ... für wen auch immer?«

»Ja«, meinte Rosi kleinlaut.

»Und es hat anscheinend geklappt.«

Rosi schwieg. Paul blickte auf den breiten massigen Rücken der Frau am Fenster und dann zu dem Mann auf der gegenüberliegenden Seite, der dumpf und einsam seinen Blick zurückgab. Eine große Kälte ging von beiden aus. »Helfen Sie ihr«, sagte er zu Rosi, wobei er auf Nora wies. Er selbst nahm Marilus Koffer und Kleidungsstücke an sich und ging ihnen voran die Treppen hinunter zu seinem Wagen. Rubber folgte – mit gesenktem Kopf und eingezogenem Schwanz schlüpfte er lautlos auf den Rücksitz und legte die Schnauze auf Marilus Mantel, den Paul dort abgelegt hatte. Rosi, die dünnen Schultern hochgezogen, blieb draußen stehen.

»Wer könnte uns weiterhelfen?« fragte Paul. »Der alte Mann aus der Leihbücherei?«

»Der ist auf einer Weltreise. Der kommt erst so in drei Monaten wieder. Aber vielleicht kann sein Neffe Ihnen was sagen, Albert, der Maler. Er wohnt in dem alten Gutshaus draußen, soll ich Ihnen den Weg zeigen?«

»Danke Kind, ich kenne ihn«, sagte Paul. Er drückte ihr die Hand und setzte sich neben Nora ans Steuer, um zu dem alten Haus hinauszufahren, das mehr Geheimnisse barg, als sie jetzt schon ahnen konnten.

16

Albert fühlte sich einsam. Jasper war nun doch noch zu der ihm unbekannten Schwester irgendwo aufs Land gefahren und Gilbert hatte sich seit Tagen nicht blicken lassen. Wären da nicht diese rätselhaften nächtlichen Lichter gewesen, hätte er sich zu Tode gelangweilt. Aber es war immer aufregend, wenn einer der Landstreicher, oder auch Magda, die einen Freier verabschiedet hatte, zu ihm in die Wohnung gestürzt kamen, mit dem Ausruf: Es ist wieder da. Und jedesmal war er mit ihnen hinunter vor das Haus oder auch durch das hohe Unkraut um einen der Flügel herum in den Hof dahinter gerannt, um dieses zuckende Licht in den Fenstern zu beobachten. Flüsternd und mit klopfendem Herzen waren sie dann im Haus auf die Suche gegangen, immer ungefähr die Richtung im Kopf, in der sie das Licht vermuteten, aber nie hatten sie mehr gefunden als herabgerissene Tapeten oder zur Seite gescharrtes Mauerwerk, manchmal auch die Spuren von Füßen im Staub.

Immer öfter wiederholte sich der Spuk in letzter Zeit, und so hatte sich Albert entschlossen, vor Mitternacht erst gar nicht mehr ins Bett zu gehen, demnach war er, als Nora und Paul durch das offen stehende Eingangsportal in das Haus gelangt waren und, da das Licht im Treppenhaus nicht mehr brannte, auch einigermaßen mühsam den Weg bis zu ihm hinauf gefunden hatten, noch wach, saß inmitten seiner Wohnlandschaft und sah sich eine Spätvorstellung im Fernsehen an. »Nur herein«, rief er gähnend auf das Klopfen an seiner Tür, sprang aber erstaunt auf, als er Nora und Paul erkannte. »Ist was passiert?« fragte er, an Nora gewandt, »Sie sehen nicht gut aus.«

»Wie sollte ich auch«, meinte sie, »Marilu ist weg.« Sie setzte sich und überließ es Paul, Albert die Geschichte von dem vorgetäuschten Hundebiß zu erzählen.

»Bei der ist schon lange eine Schraube locker«, sagte Albert, »aber das geht jetzt wirklich zu weit. Haben Sie schon bei sich zu Hause angerufen?«

»Ja«, erklärte Paul müde, »natürlich ist dort niemand. Wir haben auch versucht, uns mit ihrem Vater in Verbindung zu setzen, konnten aber nur mit der Haushälterin sprechen, die von Marilu keine Ahnung hatte – also war sie dort auch nicht. Dann haben wir sämtliche Pensionen und Gasthöfe in der Stadt und in der näheren Umgebung aufgesucht, in der Hoffnung, daß sie dort irgendwo untergeschlüpft ist, um unsere Rückkehr abzuwarten.«

»Und?«

»Nichts. Absolut nichts.«

Von draußen waren schnelle Schritte zu hören, dann wurde die Tür aufgestoßen. Es war Magda; in einen verschossenen geranienroten Morgenmantel gehüllt, den sie mit beiden Händen über der Brust zusammenhielt, blieb sie erstaunt stehen und warf einen fragenden Blick auf Albert.

»Es ist was passiert, Magda«, sagte er nachdenklich. »Ist das Licht wieder da?«

»Ja.«

»Vielleicht besteht da ein Zusammenhang.« Er sprang auf und zog Paul mit sich. »Sehen Sie«, sagte er, »irgend jemand sucht etwas in diesem Haus. Inzwischen kommt er ... oder sie, wir wissen es nicht, fast jede Nacht und wandert umher. Mal erscheint es ganz oben, mal in den unteren Stockwerken, mal im Hauptbau, mal in den Seitenflügeln.«

»Es?«

»Ein Licht. Ein seltsam zuckendes Licht. Aus einer Taschenlampe, nehme ich an. Man kann ohne weiteres durch eines der geborstenen Fenster im Erdgeschoß einsteigen. Und dieser Jemand sucht etwas und hat noch nicht gefunden...«

»Was der Bautrupp in ein paar Wochen unweigerlich finden wird«, sagte Magda, »es war im Speicher, noch vor wenigen Minuten. Was ist das?«

Sie erstarrten. Wie von weither war ein Klopfen zu hören, und es klang, als schlüge da einer mit den Handflächen an die Wand.

»Er wird unvorsichtig«, flüsterte Albert, »er weiß, daß ihm nicht mehr viel Zeit bleibt. Warten Sie hier.« Er nahm eine gewaltige Stablampe, die er schon bereit liegen hatte, und schlich hinaus ins Treppenhaus. Die Geräusche waren verstummt. Die anderen waren ihm, trotz seiner Aufforderung dazubleiben, gefolgt und hielten sich jetzt dicht hinter ihm, als er auf leisen Sohlen voranging und eine niedrige Tür öffnete, die ihnen Zugang zu den Speichern verschaffte. Der Kegel der Taschenlampe kroch an mächtigen Balken hoch, holte mit Staub und Spinnweben überzogene Möbel aus dem Dunkel, alte, noch aus Holz gefertigte Rollstühle, übereinandergestapelte Stahlrohrbetten, Kisten und Kästen, gefüllt mit dem Plunder unzähliger Jahre. Fledermäuse hingen im Gebälk, durch die Lücken, die fehlende Ziegel hinterlassen hatten, strich der Nachtwind. Niemand war zu sehen. Einmal glimmten sie grünlich phosphoreszierend die Augen einer Katze an, einmal fanden sie den vertrockneten Kadaver eines großen Vogels – der Unsichtbare hatte sich ihnen wieder entzogen.

Mehr als eine Stunde irrten sie im Haus umher, angetrieben von Nora, die sich in eine fast fieberhafte Erregung gesteigert hatte, das Ohr an Wände und Fußböden schmiegte, sie mit den Händen betastete und daran roch, als könne sie etwas spüren, was den anderen verborgen blieb, und zum ersten Mal wurde Paul bewußt, worin ihre Fähigkeit lag, die Luis so ausgenützt hatte. Es war tatsächlich ein beinahe tranceartiger Zustand, der sie von Raum zu Raum führte, Treppen hinauf- und wieder hinunterhasten ließ, bis sie sich, Hände und Kleider von Staub und Mörtel beschmiert, in einem der unteren Säle auf den Boden setzte und das Gesicht in den Armen verbarg. »Ich weiß, daß da etwas ist«, sagte sie, »aber ich schaffe es nicht allein. Paul, bring ihn her, er muß mir helfen. Einmal noch, das letzte Mal.«

Pauls Lippen wurden schmal. »Wir haben uns geschworen, daß du niemals mehr so etwas tust. Hast du vergessen, was dein Psychiater dir gesagt hat...«

»Es geht um Marilu.«

»... daß es irgendwann einmal kein Zurückkommen mehr für dich geben kann.«

Sie bog sich vor und zurück wie ein krankes Kind, ganz ihrem Kummer hingegeben, hatte sie ihre Umgebung völlig vergessen, und stieß nur immer wieder diesen einen Namen hervor, als wäre er eine Beschwörung: »Luis... Luis... Luis.«

17

Paul telefonierte von Alberts Wohnung aus, und obwohl es schon eine Stunde nach Mitternacht war, hob gleich jemand ab. Es war seine Frau, seine noch nicht von ihm geschiedene Frau, die ihm ziemlich angeheitert schien. So mußte er sich, bevor er sich Gehör verschaffen konnte, erst einmal anhören, wie phantastisch ihr Zusammensein mit Luis sich auf ihre Karriere ausgewirkt hatte. »Wir kommen gerade von einer Vernissage«, plapperte sie, »und ich werde auch bald eine Ausstellung haben. Er kennt einfach Unmengen Leute, wichtige, weißt du, Leute, die einen Blick für meine Sachen haben...«

»Hol ihn her«, bat er.

»...ist was mit Nora? Oder mit Marilu? Du hast doch heute schon mal angerufen und nach ihr gefragt. Also hör zu, es war euer Entschluß, sie zu euch zu nehmen, ich könnte sie im Moment wirklich nicht gebrauchen. Ich arbeite wie eine Besessene. Ich umwickle alle Objekte mit Stacheldraht und tauche sie dann in flüssige Schokolade... ach

Paul, bevor ich Luis kennenlernte, hatte ich im Grund keine Ahnung, was Kunst wirklich bedeutet, was Aussagekraft und...«

»Hol ihn her!« brüllte er. Er hörte, wie sie beleidigt den Hörer fallen ließ und nach Luis rief, und sosehr er ihn verachtete, war er jetzt doch froh, die leise, beherrschte Stimme zu hören.

»Ja?« fragte Luis.

Er schilderte kurz das Vorgefallene, und Luis hielt sich nicht lang mit Fragen auf, ließ sich nur den ungefähren Weg beschreiben und versprach, gegen Morgen da zu sein.

»Richte einen Raum her«, sagte er, »da es Tag sein wird, verdunkelt die Fenster. Stellt ein paar Kerzen auf...«, er machte eine Pause, als er Pauls Schnaufen hörte und fuhr dann fort, »... tut mir leid, Paul, aber das gehört dazu. Und laß Nora in dem Zustand, in dem sie ist. Gib ihr nichts, das sie beruhigt oder schlafen läßt. Das ist wichtig.«

Widerwillig versprach Paul, alles zu tun und hängte auf. »Ich soll dich nicht beruhigen«, sagte er bitter zu Nora, »und ich nehme an, ich darf nicht einmal den Mörtel von dir kratzen.«

Sie reagierte nicht. In sich versunken hockte sie zwischen den Polstern in Alberts Zimmer, Rubber, den Paul aus dem Auto geholt und mit hinauf genommen hatte, neben sich. Als es draußen hell wurde, hörten sie Luis vorfahren, und es war für alle wie eine Erlösung. Ohne lange Begrüßung gingen sie ans Werk. Magda hatte in einem der kleineren Räume nach hinten hinaus die schweren Läden geschlossen und die Fenster noch zusätzlich mit dunklen Tüchern verhängt. Auf dem Boden standen ein paar unterschiedliche Leuchter mit Kerzen, rund um einen niederen Schemel, auf den Nora sich jetzt setzte.

»Ich weiß nicht, ob ich das sehen will«, sagte Paul, aber Luis nahm ihn am Arm und hielt ihn fest. »Wen du sie liebst und heiraten willst, solltest du auch diese Seite von ihr kennen. Es wird das letzte Mal sein, daß ich ihre Fähigkeit benutze, aber sie ist trotzdem da und wird immer da sein, vergiß das nicht, Paul.«

Magda, die sich inzwischen angezogen hatte, stand mit Albert im Lichtkreis der Kerzen, erwartungsvoll und stumm beobachteten sie, wie Luis auf Nora zutrat, mit großer Zärtlichkeit ihr Gesicht in beide Hände nahm, sich zu ihr neigte und ihr in die Augen sah, und noch nie war Nora mehr bereit gewesen, sich seinem hypnotischen Willen zu unterwerfen, sich führen zu lassen, wohin er wollte – in wenigen Minuten in Trance versunken, beantwortete sie Luis Fragen mit einer Stimme, die Paul frösteln machte. Es war eine fremde wesenlose Stimme, und sie schien nicht aus Nora zu kommen, sondern von irgendwo im Raum, eine Stimme, die kalt und ohne Bewegung beschrieb, wo sie hier im Haus die Leiche des Mädchens mit den dunklen Haaren finden würden.

»Sucht sie«, sagte Luis zu Paul und den anderen, »ich werde Nora noch nichts sagen.« Sein Gesicht schien unbewegt, aber die Hände, mit denen er Nora über die Stirn strich, um sie zurückzuholen, zitterten. Sie lehnte sich erschöpft an ihn.

»Hab ich was gesagt, Luis? Werdet ihr sie finden?«

Er ging von ihr weg, riß die Tücher von einem der Fenster, öffnete es, entriegelte die Läden und stieß sie auf. Die Kerzenflammen wurden matt und zuckten im Luftzug. Die Arme auf die Fensterbank gestützt, blickte Luis hinunter in den schattigen vermoosten Hof, auf verrottete Blecheimer, durch die Brennesseln krochen, auf Plastikflaschen und Konservenbüchsen. »Was für ein Ort«, murmelte er.

»Luis!«

»Es tut mir leid, Nora ... es war nichts. Du hast nichts gesagt.«

»Und wo sind die anderen?« fragte sie argwöhnisch. »Wo ist Paul?«

Als Luis schwieg, sprang sie auf und rannte zur

Tür hinaus. Draußen blieb sie stehen und lauschte, und da war Rubber, vernachlässigt und geängstigt, der an ihr hochsprang und ihre Hände zu lecken versuchte. »Wo sind sie, Rubber … wo sind sie?«

Er lief den Gang entlang, winselnd und sich immer wieder vergewissernd, daß sie ihm auch folgte, rannte eine Treppe hinab, wieder einen langen Flur entlang und verharrte schließlich vor einer rostigen Eisentür, hinter der sie Stimmen vernahm. Sie öffnete sie leise und vorsichtig, ließ den Hund zurück, und stieg, einem zuckenden Lichtschein vor ihr nach, schlüpfrige Stufen hinunter. Die Luft war kalt und feucht, und sie mußte sich im Dunkeln vorsehen, daß sie nicht das Gleichgewicht verlor – benommen wie sie noch war und voll von Angst vor dem, was sie bald zu sehen bekommen würde. Die Treppe mündete in einen Keller, der sich mit vor Nässe glitzernden Wänden lang hinzog, bis eine weitere Treppe noch tiefer in die Erde führte.

»Das muß früher der Eiskeller gewesen sein«, hörte sie Albert zu Magda sagen, »so kalt, wie es hier ist, konnten sie das Eis den ganzen Sommer über einlagern. Hier unten war ich noch nie.«

»Ich auch nicht«, antwortete Magda, »aber jetzt … jetzt ist der Keller zu Ende. Was hat sie gesagt?«

»... in einer Höhle aus Stein«, sagte Paul. Ihre Stimmen klangen hohl, sie sprachen nun fast alle gleichzeitig, um ihrer Aufregung Luft zu verschaffen, und ließen die Strahlen ihrer Taschenlampen überall umherwandern. Mächtige Quader schälten sich aus dem Dunkel, Gewölbe, für die Ewigkeit gebaut, und dann entdeckten sie eine Öffnung, die in eine Nische führte. Eng aneinandergedrängt richteten sie die gebündelten Lichtkegel dorthinein, und Nora, die so dicht hinter ihnen stand, daß sie sie hätte berühren können, faßte sich an den Hals, kurz davor, umzusinken.

»Da ist sie«, sagte Paul fast tonlos. Nora begann zu schreien, und tausendfach gebrochen kehrte ihr Schrei zurück, als schriee aus jedem Winkel und jeder Höhlung dieser Katakombe eine Frau in tiefster Verzweiflung. Paul drehte sich um und fing sie in seinen Armen auf, aber es war Albert, der ihr das Leben wiedergab. Er war in die Nische gekrochen und hatte sich die Gestalt, die dort lag, genau angesehen. Noch auf den Knien drehte er sich um und sagte in das nun atemlose Schweigen hinein: »Das ist nicht Marilu. Das ist Lissie.«

18

Lissie schlüpfte in ihre hochhackigen Stiefelchen und zog die mit Stickereien verzierte Jacke an, die sie sich von einem Modeversand hatte schicken lassen. Es war schon kurz vor Ladenschluß, aber sie spürte wieder dieses Verlangen, Herrn Taube zu ärgern, nur war es bei ihr nicht dieser dumpfe, kaum noch zu erklärende Haß, der ihre Mutter beherrschte, sondern das Bewußtsein, daß dieser große schwerfällige Mann von ihr in eine Erregung versetzt wurde, die das Wissen, daß sie ja im Grunde nur einem Wunsch ihrer Mutter nachkam, eher noch verstärkte.

Sie stöckelte über die Straße und trat in Herrn Taubes Kaufhaus, schlenderte an den Ständen entlang, wo die Verkäuferinnen schon dabei waren, die Tagesabrechnungen zu machen und blieb schließlich bei den Nachthemden stehen. Nun hatte Herr Taube genau wie ihre Mutter fast nur diese ländlich sittsamen Flanellnachthemden im Angebot, aber manchmal fand sich doch etwas dazwischen, das ein bißchen frivoler war, und so angelte sich Lissie ein lilafarbenes kunstseidenes Gebilde, trat vor einen Spiegel, hielt sich das Hemd an die Brust und prüfte die Wirkung. »Ich nehme das mal schnell mit«, sagte sie zu der älteren Frau, die für die Wäscheabteilung zuständig war, und lief die Treppe zu Herrn Taubes Büro hoch. Sie klopfte an, und da er um diese Zeit die Abrechnungen erwartete, brummte er nur, ohne lange hochzusehen, so daß sie, nachdem sie eingetreten war, die Tür mit einem Knall hinter sich zufallen ließ. Über ein Kassenbuch gebeugt, saß er an seinem Schreibtisch, hob jetzt aber wegen des ungewohnt lauten Geräusches verärgert den Kopf. »Hallo«, sagte sie und beobachtete mit Genugtuung, wie Röte aus seinem Hals stieg und das Gesicht überzog. Sie streifte ihre Jacke ab, warf sie über einen Stuhl und stützte einen Arm in die Seite.

»Verschwinde«, knurrte er.

Ungerührt hielt sie das lila Nachthemd hoch und ließ es vor ihm auseinanderflattern. »Sehr hübsch, Herr Taube, aber ich hätte es gern eine Nummer kleiner.«

»Dann frag unten nach, ich habe zu tun.«

»Ach wirklich«, sagte sie, hielt sich das Nachthemd wieder vor und drehte sich langsam im Kreis, damit er sie auch von allen Seiten begutachten konnte. Seine Augen, die sie nicht losließen, verengten sich, er stand auf, griff über seinen Schreibtisch nach dem Telefon und drückte auf einen Knopf. »Ich möchte heute nicht mehr gestört werden«, sagte er, und legte, ohne eine Antwort abzuwarten, auf. »Was willst du eigentlich? Du denkst, du kannst dein Spielchen mit mir treiben, mich fertigmachen. Ist es das?« Mit ausgestreckten Armen ging er auf sie zu, trieb sie an die Wand und stützte sich rechts und links von ihr ab. »Ist es das?« fragte er wieder und preßte sich an sie. Biegsam wie eine Eidechse tauchte sie unter, entwand sich ihm und flüchtete an die Tür. »Eigentlich will ich zu Gilbert«, sagte sie atemlos, »mit ihm reden.«

Mit geschlossenen Augen, die Stirn angelehnt, blieb er noch eine Weile an der Wand stehen, als müßte er sich erinnern, was überhaupt geschehen war. Schließlich löste er sich, ging zum Schreibtisch zurück, schenkte sich aus einer Karaffe ein Glas Wasser ein und lockerte seinen Hemdkragen. »Mit Gilbert reden? Weil der so viel redet, was?«

»Ich rede jedenfalls mit ihm«, sagte sie, »wo ist er?«

»Im Keller. Er zeichnet Waren aus. Und worüber redet ihr?«

»Ich erzähl ihm halt was«, sagte sie argwöhnisch, »und er hört mir zu. Er mag Märchen. Vielleicht hält er mich für eine Prinzessin.«

»Prinzessin«, höhnte er, »ein Flittchen bist du. Nur ein Idiot wie Gilbert kann dich für eine Prinzessin halten.« Er bückte sich und hob das heruntergefallene Nachthemd auf. »Bring das wieder an seinen Platz. Und grüß deine Mutter von mir. Sag ihr, daß ich bei Saalbusch Daunendecken bestellt habe.«

»Das weiß sie schon.«

»Um so besser.« Er setzte sich und begann seine Papiere zu ordnen. Lissie knüllte das Nachthemd zu einem Knäuel zusammen und öffnete die Tür. »Herr Taube ...«, flüsterte sie.

»Ja«, er sah nicht hoch.

»Soll ich wiederkommen?«

Darauf sagte er nichts mehr. Sie kicherte, lief hinaus auf den Gang und sprang die Treppe hinunter. Das Kaufhaus hatte sich geleert, die meisten Verkäuferinnen waren schon gegangen und hatten den Putzfrauen Platz gemacht. Lissie warf das Nachthemd irgendwohin und stieg unbemerkt eine Treppe tiefer in den Lagerraum, wo sie ganz hinten an einem Tisch Gilbert fand, der Preisschildchen an Kinderhemden heftete. Er arbeitete ohne jede Hast, hatte seinen Stoß Hemden und seine Schachtel mit Schildern, legte die fertigen

Teile ordentlich zusammen, und würde, das wußte sie, erst aufhören, wenn er alles erledigt hatte. Also setzte sie sich neben ihn auf den Tisch und sah ihm zu. Von oben hörte man Schritte und Türenschlagen, vor dem Haus wurden Autos angelassen und fuhren weg. Vom nahegelegenen Kirchturm schlug die Uhr, und Lissie merkte, daß ihr kalt wurde. Erst jetzt fiel ihr auf, daß sie ihre Jacke in Herrn Taubes Büro vergessen hatte. Sie sprang vom Tisch. »Ich bin gleich wieder da, Gilbert. Lauf mir nicht weg. Wir trampen nachher in die Disco, ja?«

Sie drückte ihm einen Kuß auf die Wange und lächelte nachsichtig, denn Gilbert würde, wenn er fertig war, widerspruchslos mit ihr gehen, mit ihr tanzen, sich umarmen und streicheln lassen, und bei dem wilden zuckenden Licht und der lauten Musik konnte sie sich einbilden, daß er reagierte, sie anlächelte oder sogar an sich drückte. Sie stieg die Treppe hinauf, durchquerte das nun ganz verlassene Kaufhaus, das inzwischen nur noch von den Schaufenstern etwas Licht bekam, und erreichte Herrn Taubes Büro. Es war nicht abgeschlossen, und so tastete sie sich in der völligen Dunkelheit vorsichtig zu dem Stuhl vor, auf den sie ihre Jacke geworfen hatte. Aber was sie griff, war kein Stoff, sondern ein Arm, der sich wie eine

Klammer um sie legte und sie herunterzog. »Hast du es dir doch noch mal überlegt, Lissie«, keuchte Herr Taube, und an seinem Atem merkte sie, daß er inzwischen nicht nur Wasser getrunken hatte. Ein entsetzlicher kurzer Kampf entspann sich in dem dunklen Zimmer, aus dem Herr Taube als Sieger hervorging.

Als er endlich zum Schalter kroch, um Licht zu machen, sah er sich einem verkrümmten willenlosen Geschöpf gegenüber, einer Puppe, deren lange Haare weit über seinen Arm herunterhingen, als er sie in den Keller trug, um sie vor Gilbert auf den Tisch zu legen. »Hier hast du sie«, sagte er.

Der Junge, der gerade mit seiner Arbeit fertig geworden war, blickte seinen Vater an, bereit, den nächsten Auftrag anzunehmen und auszuführen.

»Was soll ich nur tun«, stöhnte Herr Taube.

Gilbert strich über Lissies bleiches Gesicht, nahm eine der Locken, hielt sie in der Hand und ließ sie wieder fallen.

»Sie schläft«, sagte Herr Taube, »Gilbert, sie schläft nur. Hundert Jahre soll sie schlafen. Aber wir müssen sie verstecken, daß niemand sie findet. Niemand, verstehst du.«

Das alte Gutshaus fiel ihm ein, in dem Gilbert jeden Winkel kannte. Irgendwo in einem der halbverrotteten Räume, durch die der Wind strich, würde Lissie vertrocknen wie eine Blume. Er riß einen Stoffballen aus einem der Regale, hüllte sie ein, wickelte den geblümten Musselin um ihre Beine, Hüften und Schultern, und ließ nur die Haare frei. Als es draußen ganz dunkel war, und auch das Licht in den Schaufenstern bei ihm und Frau Zittel zu der ihm vorgegebenen Zeit erlosch, machten sie sich auf den Weg.

Sie legten die Tote in einen Lieferwagen, öffneten die Lagerhalle, fuhren die Rampe hoch, durch die Stadt aufs Land hinaus und hielten so weit vom Gutshaus entfernt, daß niemand sie hören konnte. Herr Taube trug das Mädchen, und Gilbert folgte ihm, vom Wald her näherten sie sich der Rückseite des Gebäudes und verharrten vor einem der geborstenen Fenster im Erdgeschoß. Der Wind heulte ums Haus, oben bei dem Maler brannte Licht, sonst war es dunkel, und wo auch immer Magda und die anderen waren, Gilbert würde es verstehen, ihnen aus dem Weg zu gehen. Herr Taube übergab ihm das Mädchen. »Hier«, flüsterte er, und es klang wie ein Schluchzen, »bring sie in ein Versteck. Keiner darf dich sehen, keiner darf sie sehen. Leg sie schlafen und vergiß alles. Hast du gehört, Gilbert... alles.«

Und Gilbert führte den Auftrag aus, legte Lissie schlafen, verließ den Ort und löschte ihn aus seinem Gedächtnis, und so sehr sein Vater ihn auch später, als er erfuhr, daß das Gutshaus instandgesetzt werden sollte, anschrie und anflehte – er hatte jede Erinnerung verloren. So schlich Herr Taube Nacht um Nacht ins Haus, um zu suchen. In den Gängen und Kammern, unter Treppen, in Kellern und Speichern wanderte er ruhelos umher, ausgeliefert seiner Angst vor Entdeckung und immer noch erfüllt von seinem Haß auf die Frau, die an allem schuld war und die ihm ihre Tochter in die Arme getrieben hatte.

19

Es war Gianni gewesen, der ihnen in aller Schlichtheit Gilberts und Marilus Aufenthaltsort offenbarte. Albert hatte sie zu ihm geführt, und nach all der Aufregung, den ersten Gesprächen mit einem erschrockenen Polizisten und der Vorstellung, wie Frau Zittel die Nachricht aufnehmen würde, war es tröstlich gewesen, über den Marktplatz auf Giannis Lokal zuzugehen, einzutreten und an einem der Tische Platz zu nehmen, zu essen und noch mehr zu trinken, allmählich entspannt und schließlich trotz allem fast fröhlich.

»Ich glaube inzwischen auch«, hatte Nora gesagt, »daß Marilu sich mit Gilbert irgendwo versteckt hat. Es ist ihr jedenfalls zuzutrauen«, und Gianni, der gerade hinter ihr stand, um nachzuschenken, hatte mit dem Kopf genickt und gesagt: »Nicht versteckt... oder doch? Sie sind in meiner... in Signor Jaspers Villa. Aber das Mädchen hat doch versprochen, gleich zu schreiben.«

Albert hatte Gianni fast ein Ohr ausgerissen. »Warum sagst du niemandem was? Diese Dame da ... Marilus Mutter ... hatte keine Ahnung, wo sie ist.«

»Nun ja«, hatte Gianni ein bißchen beleidigt erklärt und sich dabei das Ohr gerieben, »das war so: Jemand hat einen Stein nach Gilbert geworfen und ihn verletzt. Ich brachte ihn zum Nähen ins Krankenhaus und dann hinüber zu Signor Jasper, wo auch das Mädchen war. Das Mädchen wollte weg von hier und sagte, nach Hause könne es noch nicht, und es hätte auch keine Lust dazu und es wären sowieso noch Ferien und überhaupt wäre es gut, wenn Gilbert erst mal aus der Stadt verschwinden würde. Sie wollte mit ihm weit weg, am liebsten nach Südamerika. Da hat sich Signor Jasper mit mir beraten und dabei fiel uns die kleine rosa Villa ein. Ich habe sie dann hingefahren, die ganze Nacht durch, in meinem Lieferwagen hinter den Gemüsekisten versteckt – sie hatten ja beide keine Papiere. Werden Sie sich jetzt um sie kümmern?«

Und so kam es, daß Paul und Nora sich auf den Weg in den Süden machten, Marilu und Gilbert heimzuholen. Die kleine Stadt war hinter ihnen im Nebel versunken, und was sie beide anging, so hatten sie, trotz Jasper, Albert, Gianni und Magda keine Lust, sie jemals wiederzusehen. Luis war in der anderen Richtung davongefahren. Der Oktober war vorbei, der erste Novembertag hatte den Nebel und eine feuchte Nässe gebracht, der Scheibenwischer summte ununterbrochen, und Nora hatte sich auf dem Beifahrersitz noch eine Decke um die Schultern gewickelt, obwohl Paul die Heizung voll aufgedreht hatte.

»Fahren wir durch?« fragte sie.

Er schaltete, konzentrierte sich ganz auf einen Überholvorgang, und schüttelte den Kopf. »Das wäre eine zu große Strapaze«, meinte er. »Ich habe vorhin, als wir in der Raststätte waren, kurz in meinem Büro angerufen. Sie werden zwei Termine verlegen, so bleiben uns noch ein paar Tage. Und den Kindern auch.«

»Das heißt?«

»Wir werden uns Zeit lassen. Ich denke, hinter Mailand machen wir das erste Mal Station. Zum zweiten vielleicht schon am Meer. Und den dritten Abend verbringen wir in Bari, da haben wir sie sozusagen schon vor der Tür.«

Mailand war naß und neblig, Parma auch, und Salsomaggiore, wo sie in einem altmodischen Hotel, das ganz auf Kurgäste eingestellt war, abstiegen, erwies sich als ebenso novemberlich. Nach dem Abendessen gingen sie durch die Stadt und kauften bei einem Straßenhändler heiße Kastanien. Das Pflaster dampfte in der Nässe und Nora blickte seufzend die feuchten Fassaden hoch, über die Neonlichter flimmerten. »Das soll nun Italien sein«, sagte sie.

Erst der nächste Tag, an dem sie in Richtung Küste fuhren, brachte allmählich die Veränderung. Schon am späten Nachmittag durchquerten sie kleine Städte, wo dunkelgekleidete Männer auf dem Platz vor der Kirche saßen und an den Türen der Häuser Perlenvorhänge im Wind spielten. In San Benedetto del Tronto stießen sie auf die ersten Palmen und beschlossen beim Anblick des Korsos, auf dem eine Menschenmenge sich auf und abbewegte, in einem der Hotels am Meer zu übernachten. Sie bekamen ein Zimmer mit Balkon, traten hinaus und atmeten wie berauscht die warme, von Düften gesättigte Luft. Ohne sich lang abzusprechen, tauschten sie ihre schon winterliche Garderobe gegen leichtere Kleidung, gingen Arm in Arm hinunter und fügten sich in die Reihe der Flanierenden ein, die, zu dreien oder vieren, ebenso eingehängt wie sie, unter den Palmen die Promenade am Meer hinaufspazierten, um sich an deren Ende umzudrehen und den Weg zurückzumachen. Das ging so, bis es ganz dunkel wurde, hin und her, und immer hin und her, mit Gelächter und Blicken, einfältig und doch irgendwie betörend, und Nora fühlte, wie sich das Band, das ihr Herz umschlossen hatte, dehnte und zu sirren begann.

Den darauffolgenden Abend verbrachten sie in einem Hotel vor Bari, austauschbar, modern eingerichtet, aber inzwischen ging es ihnen schon so gut, daß das fast nichts mehr ausmachte. Sie saßen auf den Ledersesseln in der Halle, tranken Campari und hörten dem Mann am Flügel zu, der die üblichen einschmeichelnden Melodien spielte, als plötzlich ein alter weißbärtiger Professore einen seiner Schüler an den Flügel schickte und zu singen begann. Seine Studenten umringten ihn und sangen mit, die übrigen Gäste standen auf und klatschten, der Professore warf sein Notenblatt hin und begann zu tanzen. Er tanzte allein, hingegeben und mit der ganzen Grazie eines nicht mehr so jungen Mannes, dessen körperlicher Schwerpunkt sich im Lauf der Jahre aus der Taille in die Hüften verlagert hat, und Nora beobachtete ihn, vorgebeugt und mit glänzenden Augen. Paul betrachtete sie amüsiert. »Bist du wieder hineingefallen«, fragte er, »hineingefallen in die Liebe?«

»Kopfüber«, sagte sie.

Da hatte der Professore sie schon bemerkt, tänzelte auf sie zu, zog sie hoch, und im Kreis der ringsum Stehenden begann Nora sich mit ihm zu der Musik hin und her zu wiegen. Er zwinkerte ihr hinter seinen dicken Brillengläsern zu und sie spürte wieder das Sirren in ihrer Brust. »Was«, fragte sie ihn, in dem Bewußtsein, daß er sie doch nicht verstehen konnte, »was, Professore, ist das Leben?«

Das, sagten seine Augen, das... und seine Handflächen berührten die ihren, in diesem Tanz, der überall hätte getanzt werden können, Annäherung für einen Moment, für das Tausendstel eines Augenblicks. Das Leben? Ein Seufzer, ein Hauch... nicht mehr. Er löste sich von ihr, verneigte sich und drehte sich nach rechts, während sie sich auf die andere Seite drehte, weiter und immer weiter, bis das Sirren in ihrer Brust verstummte und das Band endlich zersprang.